SUNG YA NOTE VOL.6 END

狐仙幸福我來顧

SUNG YA NOTE
VOL.6 END

松雅記事

秋墳書店
胡媚
三百歲的 ，在人間的工作是平面模特兒。
個性樂天、 充沛，像小狗一樣熱情親人，
喜歡變成狐狸 松雅撒嬌。
她除了會法術和 無窮外，胃袋完全是個無底洞。
蒲松雅
秋墳二手租書店店 三十五歲，單身。
對動物熱情，對人 當冷漠。
由於過去被背叛的經 因此對人類的信任感很低，
但只要能取得他的信 就會為對方赴湯蹈火。

慈祥睿智的老人家，靠資源回收與老人年金過活，是蒲松雅稀有的人類朋友之一，時常帶給蒲松雅一些看似平凡普通卻有助於解謎的線索物品。

觀老太太

秋墳書店經營者。個性慵懶，令人難以捉摸，喜歡捉弄和騷擾蒲松雅。實則是九尾天狐「荷狐洞君」，臺灣靈脈的管理者。

荷二郎

個性豪邁的城隍爺，行為舉止卻像流氓大哥，對於違規者和欺負自己弟弟的人毫不手軟。

宋壽公

宋壽公的弟弟兼專屬乩童，長相斯文，沉默寡言，默默喜愛著胡媚兒。

宋壽正

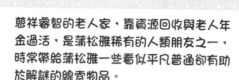

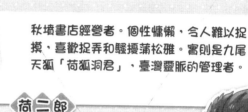

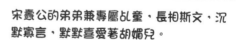

蒲松芳
蒲松雅的雙胞胎弟弟，小惡魔性格。乍看之下活潑開朗，
實則除了對父母和哥哥與聶小倩之外，不在乎任何人。
失蹤多年後再度出現，似乎正密謀著一項大計畫。
聶小倩
是個死了兩百多年的女鬼，受制於竇樹夫人。
她沉默寡言、逆來順受，原本被派去監視蒲松芳，
後來卻對蒲松芳起了異樣情愫。

神秘美豔的情報商女子，實則是寶樹夫人的徒弟，道行五百年的烏鴉妖，擅長驅屍術與詛咒。非常討厭不按牌理出牌的蒲松芳。

烏金華

秋墳書店的工讀生。和胡媚兒一樣樂天熱情的他，卻很容易把別人的善意解讀為愛意。

朱孝廉

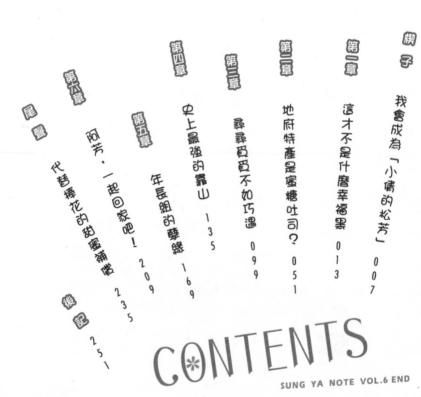

CONTENTS

SUNG YA NOTE VOL.6 END

楔子

我會成為「小倩的松芳」

從出生到死亡，她都是別人的所有物。

當她以女兒的身分生長於深閨時，她遵從父親的命令、母親的教導，從不忤逆兄弟，改變自身去迎合家人與禮法，像操線人偶一樣順從他人的手指或哭或笑。

訂下婚約後，父母親要求她用同樣的態度侍奉素未謀面的丈夫、公婆，替她準備鮮紅如血的嫁衣，訂製綴有金鳳的頭冠，按照禮俗備妥嫁妝。

然而，在她正式成為丈夫的所有物之前，病魔先襲擊了她，奪去她的力氣，在臉與四肢上留下一片片紅斑。

「大夫，你說這斑退了後會不會留疤？」

「不知道能不能趕上婚期啊……」

「明明是要給人家沖喜的，這下子可糟了！」

「所以我說女孩子就是……」

親戚與奴婢的碎語在她的床邊迴盪。這些人關心她的臉、婚約與給婆家的觀感，但就是沒人關心她自身。

在這些人的眼中，她是女兒，是準備出閣的新娘，是未來會生下繼承人的妻子。但是，身為「她」的她，不存在於這些人的眼中。

她在想通這點的同時，胸口忽然被劇痛所包圍，悲傷、憤怒、疲乏、控訴、不甘……過去被壓抑的情緒驟然爆發，撼動著她病重的軀殼，令她頭一次以自己的意志做出反抗。

她掀開保暖的被子，挪動身體讓自己跌落泥地，躺在冰冷堅硬的平地上，在日出之時嚥下最後一口氣。

她以為這就是終結，但是命運顯然不打算輕易放過她。

父母視她的死為家醜，沒有舉辦像樣的喪禮，僅是將她燒成灰燼，裝入甕中埋進山區的大樹下。

拜此舉之賜，她成為這棵大樹——應該說千年樹妖——的所有物。

「多麼柔美、惹人憐愛的小女娃啊。」

樹妖看著她的亡魂，伸出樹枝挑起她的下巴道：「別害怕，老身是站在妳那邊的。妳憎恨著擺弄自己的親人吧？想對拋棄自己的人報復吧？老身會給妳力量，妳就盡情的向人們復仇吧！」

她接受了樹妖的力量——對方也沒給她拒絕的選擇。她在荒山、廢寺或妖法化成的大宅院中引誘旅人，讓樹妖吸乾這些人的精力。

魅惑男性入門、目睹男性被榨成人乾、魅惑男性入門、目睹男性被榨成人乾……百年來她重複相同的事，一開始還覺得恐懼，但最後只剩漠然。

她再度成為一個空殼，那晚在悲痛之下所燃起的意志之火，早已被無止境的死亡所冰封。

然後，就在她接受了這一切時，樹妖給了她新工作，要她以協助之名，嚴密監視某名人類青年。

「妳好啊，我是蒲松芳，生日是二月十三號，水瓶座AB型，興趣是電玩、沒有目的的閒逛和大冒險，討厭的東西有青椒、紅蘿蔔、歷史課和排隊。妳呢？」

青年坐在雪白的病床上，朝著她伸出綁著繃帶的手，貼著紗布的臉上充滿活力，一點也不像剛從鬼門關上走一回的人。

她盯著青年的手，想起樹妖命令自己「必須取得這個人類的信任」，於是伸手握住對方道：「我是聶小倩。」

「然後呢？」

「然後？」她問。

「小倩的生日、星座、血型，喜歡和討厭的東西。」

「……我是鬼。」

「就算是鬼，也不是憑空蹦出來的，應該會有個人的好惡興趣吧。」青年聳聳肩膀，興致勃勃的盯著她。

她微微皺眉，本想說「我沒有」，但話到嘴邊卻變由三個字變成五個字——

「我一無所有。」

青年的手顫動一下，明亮的笑容出現裂縫。

她以為自己說錯話，正思索著要如何道歉時，忽然被對方一把拉向病床，跌上青年的身軀。

青年緊握她的手，將下巴靠在她的肩膀上道：「我也是喔，我現在也是一無所有。」

「……」

「但是我討厭什麼都沒有的感覺，所以我們來約定吧。小倩是『我的小倩』，而作為回報，我也會成為『小倩的松芳』。」

「……」

「不喜歡的話，可以拒絕喔。」

她的心頭一顫，沉默許久後，以自己的意志與渴望，輕輕點下頭道：「是，我的……松芳少爺。」

第一章

這才不是什麼幸福黑

朱孝廉拎著背包，站在荷洞院十五樓的客廳前，覺得自己引以為傲的特長之一遭受重大打擊。

他是一個隨處可見，沒什麼特殊長才的普通大學生，在校成績普通，和書卷獎有一大段距離，可也沒落在二一邊緣；長相體格普通，五官、身材與皮膚都遠遜偶像明星，但還能勝過搞笑丑角。

總之，朱孝廉是個沒什麼突出長才的人，但是這樣的他，仍有兩個自信不會輸給任何人的特長。

一個是對愛情的渴望。朱孝廉打從幼稚園時就對女老師一見鍾情，總是愛了就告白，告白便失敗，失敗不失志，志在下一次。人生二十年來聽過無數拒絕之語，但永遠不放棄希望，堅定的相信自己會找到真命天女。

另一個特長是與人混熟的本事。從小到大他都不是團體中最醒目的人，可是卻是最快問到所有人姓名、生日、交換電話的一個，就連以孤僻與反人類傾向嚴重著稱的自家上司，他也能靠著過人的煩功突破對方的心防。

勇於示愛絕不放棄，大膽搭訕從未被排擠，這就是朱孝廉自傲的特長。

如今，朱孝廉的這兩個特長，卻因為眼前的景色而劇烈動搖。

「熹正你的冰紅茶，我放在這裡了；胡媚兒，別躺在床上吃洋芋片！」

蒲松雅一手將紅茶放到茶几上，一手將胡媚兒手中的零食拿走，眼角餘光瞄到朱孝廉，轉過頭招招手道：「孝廉你來啦，我託你拿來的書有帶嗎？」

「……」

「孝廉？」

朱孝廉沉默，他環顧被動作片爆炸聲籠罩的客廳。

客廳最右側是一名坐輪椅、打石膏，穿著睡衣的斯文青年，朱孝廉不認識此人，但此人顯然和蒲松雅很熟，因為對方極其自然的拿起紅茶，咕嚕咕嚕的吞入口中。

客廳中央的長沙發椅上躺著胡媚兒，她穿著寬鬆的短褲和短袖圓領衫，四肢大剌剌的平攤在椅子上，豐滿的胸部在布料與靠枕間若隱若現。

而蒲家的二貓一狗也在客廳內，花夫人窩在胡媚兒腳邊，黑勇者趴在電視櫃上面，金騎士發現朱孝廉，搖著尾巴奔向熟人。

「你杵在那裡做什麼？」

蒲松雅雙手扠腰，瞪著一動也不動的工讀生問：「你該不會忘記去拿書了吧？」

「我、我……」朱孝廉的嘴唇顫抖兩下，鬆開手讓裝書的手提袋落地，雙手掩面跪地哭喊：「我才離開一週，就這麼短短一週，我就失戀又失掉自己在團體中的位置啊！」

「位子？」

胡媚兒從蒲松雅背後探頭，拍拍一旁的沙發道：「孝廉要位子的話，這裡有喔！只要我坐過來，這裡還能塞四個人。」

「我說的不是位子是『位置』！」朱孝廉仰頭大吼，雙手朝天花板抓去，「我明明是第一個認識店長、第二個認識小媚的人，但是如今、如今……我的位置被一次也沒見過的人搶走了啊！」

「你在發什麼神經？」蒲松雅冷著臉問。

「我。」宋燾正簡短回答，可惜因為太簡短而沒人聽見。

朱孝廉本人也沒聽見，他遠遠指著宋燾正，悲憤感嘆的哭喊：「小媚就算了，那個是什麼？為什麼會有其他人搬進店長和小媚的愛的小屋？如果要有第三個人搬進來，那也該是我，而不是陌生人啊！」

蒲松雅皺皺眉回答：「燾正是要養傷才和我們一起住。然後，雖然你沒見過他，但是他和胡媚兒、老闆都很熟。你到底有沒有帶書過來？」

「書什麼的不重要啦！」

朱孝廉重捶地板抽泣道：「重要的是……是在店長和小媚心目中，我到底算什麼？我們不是一起對抗奧客、共同被神棍騙、經歷畫中京都好幾日遊的夥伴嗎？為什麼我才回墾丁老家一個禮拜，我的第一男配角地位就被取代了啊！」

「孝廉是我的朋友，不是第一男配角。」胡媚兒理所當然的回答。

「你可以說人話嗎？」蒲松雅一臉煩燥的問。

「……」宋燾正憐憫的注視朱孝廉。

朱孝廉的嘴角抽動兩下，才剛為自己周圍人的遲鈍感到哀傷，更刺激他自信的事情就發生了。

胡媚兒抓住蒲松雅的圍裙，坐起來嘟嘴呼喊：「松雅先生，大腿大腿！」

「大腿？我爐子上還有東西在煮，沒空陪妳玩。」

「爐子上的東西有虎斑看著，不用擔心啦。大腿大腿大腿！」胡媚兒持續拉扯圍裙。

蒲松雅盯著耍賴模式全開的狐仙，嘆一口氣，脫去圍裙坐上沙發道：「只能躺五分鐘喔！時間一到，不管妳怎麼打滾裝可憐，我都要回廚房。」

「五分鐘足夠了！」

胡媚兒從椅子上跳起來，她在半空中恢復狐形，抖去身上的衣物，落到蒲松雅的腿上。

蒲松雅在狐仙調整姿勢時彎腰伸手，撿起地上與沙發椅上的衣褲，摺疊後放到自己的腿邊。他在收完所有衣物後，才瞧見朱孝廉直直瞪著自己，偏圓的臉紅如番茄，握拳的雙手硬如石頭。

「你又怎麼了？」蒲松雅不耐煩的問，右手靠在沙發扶手上支住頭，左手極其自然的替狐仙順毛，「你是第一次見到胡媚兒變成狐狸嗎？就算是，也不用擺出被什麼東西噎住的表情。」

朱孝廉張開嘴巴，僵硬了好一會才問：「小媚、小媚現在……這樣算裸體嗎？」

「裸體？」

蒲松雅斜眼瞄了疊起的衣物一眼，不在意的聳肩道：「以人類的標準算吧，不過她有毛皮，硬要套上衣服反而會不舒服。」

「我不喜歡穿寵物裝，不好活動也不舒服。」胡媚兒抬起頭抱怨，再趴回蒲松雅的腿上享受梳毛。

「常常。」宋燾正平靜的補充狐仙睡大腿的頻率。

朱孝廉被「常常」兩個字戳中胸口，他注視蒲松雅翻弄狐毛的手，吞了吞口水，表情認真嚴肅的問：「店長，你……你們該不會真的在一起了吧？」

「沒錯，松雅先生現在是我的東西了！」胡媚兒愉快的搖尾巴。

這下子換蒲松雅的臉色轉紅，他撇開視線盯著盆栽道：「你在驚訝什麼？第一個把胡媚兒喊成我的女朋友的人，不就是你這傢伙嗎！」

「我、我不是認真的啊！」朱孝廉衝到蒲松雅面前，兩手抓住對方的肩膀道：「因為小媚明顯對店長有意思，我為了讓小媚也對我有意思，所以迎合小媚的意思這麼說，但我並不是真的有那個意思啊！」

「你意思來意思去，到底是什麼意思？」蒲松雅問。

宋燾正乾咳兩聲，默默的舉起平板電腦，亮出筆記本程式上的文字。

「孝廉兄的意思是，他採用的是以退為進的策略，在看穿小媚的心思後不做追求之舉，反而附和小媚好取得當事人的好感，同時激起松雅的防禦心，然後再以知心好友的身分聽小媚哭訴松雅的無情與冷漠，奪得佳人芳心。」

「這是個略微下流但亮眼的策略，只可惜這個策略有兩個誤算，一個誤算是松雅只有嘴巴冷漠無情，實際上卻對小媚有求必應——只是要花點工夫說動他；第二個誤算則是小媚的知心好友之位已有人代勞。」

「過去幾個月來，我幾乎天天都在電話中聽小媚埋怨或炫耀樓下鄰居，孝廉兄處心積慮想取得的好感度，全加在我身上。但是孝廉兄也無須悲傷，因為即使加了這麼多好感度，我也沒有從知心好友升級成貼心男友……」

蒲松雅盯著那占據整個平板螢幕的長文，不知道該驚訝自家工讀生這麼有心機，還是訝異宋燾正即使慣用手骨折，仍能在眨眼間打出萬言書。

蒲松雅做不了決定的事，朱孝廉迅速做出選擇。

朱孝廉鬆開上司倒退三步道：「原來我是這麼打算的嗎？我居然一點也沒察覺到！看樣子我比我想像中還聰明，能在毫無自覺下做出這麼縝密的……噗嚕！」

蒲松雅維持著拿靠墊砸朱孝廉臉的動作，瞪著自家工讀生罵道：「聰明的人會在被算計的人面前，大剌剌的承認自己幹了什麼事嗎?你只是誤打誤撞，談不上計畫，更沒有縝密可言。」

「我都已經失戀了，就別再刺激我了！」朱孝廉抓下藍色靠墊，滿臉怨恨的望向蒲松雅道：「你有幸福黑，但我只有爆肝導致的熬夜黑!你都已經過那麼爽了，讓我用精神勝利法自我安慰兩句又會怎樣！」

「幸福黑?」蒲松雅蹙眉問。

「你臉上那兩個黑眼圈，是因為每晚和小媚恩恩愛愛，所以才造成的甜美遺跡吧！」朱孝廉手指蒲松雅的雙目。

蒲松雅還沒能做出回應，腿上的胡媚兒就爬起來，近距離盯著人類問：「松雅先生有黑眼圈?在哪裡?為什麼?是我打呼太大聲嗎?」

蒲松雅看著和自己相距不到十公分的狐狸臉，靜默五、六秒後將胡媚兒推開道：「五分鐘到了，我要回廚房。」

胡媚兒坐上地板，但她馬上跳起來用前腳搭上蒲松雅的褲子道：「五分鐘哪有這麼快！你看牆上的鐘，明明還有三十秒！」

「牆上的鐘慢了。」

蒲松雅壓下胡媚兒的頭，拿起圍裙快步走出客廳。

「松雅先生——」胡媚兒站在沙發上呼喊。

蒲松雅無視胡媚兒的喊聲，他朝廚房快步走去，在散發番茄與洋蔥香味的爐子前瞧見虎斑與阿菊。

蒲松雅搶在兩人出聲前開口道：「抱歉，我被胡媚兒拖住晚回來了。接下來交給我就好了，你們到客廳坐著等吃飯吧。」

虎斑和阿菊先是愣住，接著以極快的速度交換眼色，最後雙雙點頭，什麼也沒說就離開廚房。

蒲松雅目送貓男僕遠去，緊繃的肩膀稍稍放鬆，走到湯鍋前握住長湯勺，攪動裡頭繽紛微酸的義式番茄湯。朱孝廉說他有黑眼圈，這是事實，但這完全不是什麼「幸福黑」，而是連續失眠所致。

距離蘭若寺那場令所有人錯愕與重傷的大戰，已有整整八天，這八天來蒲松雅沒有一天睡得好。

蒲松雅無法入睡的原因不是胡媚兒，而是自身的感性和理性起衝突所導致。他感性上想離開荷洞院去找蒲松芳，可理智上又擔心自己的任性妄為會再次讓事態惡化；他感性上渴望獲得弟弟進一步消息，但理智又要求他安靜，別去煩擾重傷未癒的親友們……

遭到否定的情緒在夜晚化為夢魘，導致蒲松雅一闔上眼就會夢見那晚吐血的兩名狐仙、重傷的城隍爺，以及在妖風中消失的雙胞胎弟弟。

在反覆的惡夢中，唯一讓蒲松雅稍稍鬆口氣的，是胡媚兒沒發現他的異狀。

胡媚兒一開始是有隱約覺得蒲松雅不對勁，但在人類祭出美食、睡大腿和梳毛等等福利後，狐仙很快就忘記疑慮開心享受。

不過，虎斑、阿菊和宋燾正似乎都沒被騙過去。貓男僕默默準備綜合維他命、滴雞精和蜆精等補品，城隍爺之弟則是不時替蒲松雅掩護。

只是，即使有他人的援手，蒲松雅的身心也差不多要到極限了。

「……燙！」

蒲松雅縮了一下左手，這才發現自己不知何時將手伸到瓦斯爐邊，碰到貼著鍋底的藍焰。

他關閉爐火，打開水龍頭讓冰涼的水流沖去刺痛，耳朵同時捕捉到腳步聲，轉頭一看發現是阿菊。

阿菊的步伐比平常快，臉上也有平常難以見到的緊張。

「怎麼了？」蒲松雅關上水龍頭問：「老闆或城隍府那邊出事了嗎？」

阿菊搖頭，恢復蒲松雅熟悉的穩重道：「沒有，我只是接到二郎大人的通知，他今天有臨時約會，沒辦法上來和松雅少爺共進午餐。」

「和誰約會？」蒲松雅問。

「客戶。」

「二郎大人去找燾公大人了。」虎斑忽然插話，他來到蒲松雅身邊，一面承受同伴錯愕與責難的視線，一面打開壁櫃拿取湯碗。

蒲松雅愣了一會，猛然扣住虎斑的手腕問：「有阿芳的消息了嗎？他在哪裡？我可以跟老闆一起去見燾公嗎？」

阿菊趕緊上前揮手道：「松雅少爺請您冷靜一點，二郎大人只是去旁聽燾公大人、東嶽大帝和天庭使者的會議。」

蒲松雅的手指鬆開，但是隨即再度握緊，「為什麼會有天庭的人？阿芳的事不是由地府負責嗎？」

「是由地府負責——至少現階段還是。」

虎斑的發言招來阿菊的瞪視，然而他依舊無視同伴的抗議，面無表情的說下去：「天庭一直都對兩界走相當戒備，過去因為松芳少爺失蹤，以及有二郎大人作保，所以他們對松雅少爺沒有多做干涉，但是如今松芳少爺取得寶樹姥妖的力量，如果他有意顛覆天庭，那將是人、仙、妖界的浩劫。」

「我不認為阿芳對天庭有興趣。」

「我、阿菊和二郎大人也這麼認為。」

虎斑瞄了臉色越來越難看的同事一眼，「不過在是否將此會議告知松雅少爺上，我與他們兩位意見分歧，阿菊和二郎大人希望在會議結束後，假如結果為好消息再告訴松雅少爺；但我認為無論好消息或壞消息，都該提前通知您，好讓您能有個心理準備。」

「以及產生無謂的心靈煎熬。」阿菊垮著臉低語。

蒲松雅看看怒氣沖沖的阿菊，難掩擔憂的問：「虎斑，你違反命令告訴我會議的事，不擔心老闆回來後會懲罰你嗎？」

「相當擔心，所以屆時還請松雅少爺多多替我求情。」虎斑抬頭挺胸回答。

「我一定會。」

蒲松雅被虎斑逗笑了，解下圍裙走出廚房道：「上菜的工作能請你們代勞嗎？我想保留力氣，應付之後的煎熬和求情。」

「請放心，交給我們。」虎斑點頭。

「我相信二郎大人會帶回好消息。」阿菊認真的鼓勵。

蒲松雅笑了笑，他走到餐桌邊拉開椅子坐下，仰頭注視潔白的天花板，在腦中想像著天庭與地府的聯席會議是什麼樣子。

……該不會像某些麻煩的人類的會議一樣，人數與效率成反比，與其說是開會溝通，不如說是以會議之名行示威之實吧？

▼※▲▼※▲▼※▲▼※▲

如果要問宋燾公，人間刑事警察局的長官會議和地下城隍府的對上會議有何不同，他會板著臉告訴你：「只有人不同。」

宋燾公待在一間酷似法庭的大房間內，他和自家城隍府的文判官、黑白無常一同坐在房間後半段的座位席上，目光無神的注視前半部的鬼與神。

房間的最前端則有一張墊高的桌案，案前端坐著一名頭頂紫金冠、身披黃龍袍的粗壯中年人。這名中年人的臉上掛著淺笑，給人憨厚的莊稼漢印象，一點也看不出他就是統帥十殿閻羅、各地城隍府的陰間之王——東嶽大帝。

東嶽大帝的左手邊是另一張同樣加高，但高度上和前者差了一截的方桌，桌後有一位金髮藍眼的黃袍美青年，他是本次會報中的天庭代表——太陽星君，是負責向玉皇大帝回報人間動向的神明。

太陽星君正對面還有一張同高度的桌子，東嶽殿中負責回報陰間陽界情勢的官員——速報司爺正在桌邊，以制式化的口吻介紹歡迎天庭使者，簡述會報目的。

「……以上。接下來請相關人士上臺，替諸位報告寶樹姥妖一黨與兩界走蒲松芳等人的後續處理。」

速報司爺轉向宋熹公，朝對方點一下頭後，回到東嶽大帝身旁。

黑無常范無救拍了宋熹公一下，比出拇指打氣道：「老大，加油。」

「我身上的油已經多到要滿出來了。」

宋熹公苦笑，伸手從自家文判官手中接過文書，深吸一口氣走向桌子。

「大帝、星君，以及臺下的諸位同僚們午安，我是臺北府城隍宋熹公。」

宋熹公講著讓自己感到彆扭的開場白，翻開密密麻麻的文書道：「本府在一個月前，意外得知天庭與地府的緝拿要犯寶樹姥妖，極可能在本府的管轄範圍活動，因此先行保護遭寶樹姥妖徒弟烏金華鎖定的兩界走蒲松雅，同時清查可疑場所。」

「清查行動未能讓本府掌握寶樹姥妖的行蹤，不過遭寶樹姥妖擄走的另一名兩界走蒲松芳主動聯絡蒲松雅，本府藉由他所提供的訊息確定寶樹姥妖的位置，會同荷狐洞君於蘭若寺進行拘捕。」

「由於本府的誤算，拘捕行動功敗垂成，好在蒲松芳在最後一刻脫離寶樹姥妖的掌握，和蒲松雅一起合力殺死寶樹姥妖，讓本府得以逮捕寶樹姥妖一黨。」

宋熹公停下來，吞口水潤潤喉繼續說下去：「本府目前的重點工作有二：一是清查寶樹姥妖的餘黨，這部分的進度比預期快，本府已經掌握寶樹姥妖在臺灣的九成據點與人員，並且取得她在中國與日本的黨徒名冊，日前已經將資料轉交給相關單位。」

「二是尋找蒲松芳，他在吸收寶樹姥妖的妖氣後，和厲鬼聶小倩一同離開蘭若寺，目前行蹤不明，但若是不儘快將他尋回淨化，極有可能會變成魔人。」

「燾公，你知道要上哪尋人嗎？」東嶽大帝關切的問。

「本府已有方向。」

宋燾公抬頭望向東嶽大帝道：「蒲松芳這六年來都和寶樹姥妖待在一起，在姥妖身亡後繼續利用對方資源的可能性很高，因此本府打算透過調查寶樹姥妖的基地，找出蒲松芳的潛伏地點。」

「此外，蒲松芳對自己的叔伯有很深的怨恨，極有可能前去尋仇，所以本府也調派鬼差暗中保護蒲家長輩。」

東嶽大帝露出微笑道：「雙管齊下嗎？不愧是燾公，太好了，這樣我就安……」

「完全不能放心。」

太陽星君忽然開口，隔著將近十公尺的距離冷聲道：「本星君是來追究城隍府一連串失措之舉的罪咎，不是來聽貴府粉飾太平，替踐踏天條之人脫罪。」

東嶽大帝舉起手緩和氣氛道：「星君你言重了，燾公是個大公無私的人，擔任臺北府城隍五年來未曾誤判，更沒有替自己卸責過。」

太陽星君冷笑道：「是嗎？那麼他為什麼沒解釋，自己為何不等地府的鬼將集結完畢，就帶著少少的鬼差去圍捕寶樹姥妖，結果不只沒拿下那棵妖樹，還害眾多鬼卒與荷狐洞君重傷？」

「這個……」東嶽大帝瞄向宋燾公，以眼神暗示對方快想解釋。

「因為本府擔心寶樹姥妖會轉移據點。」宋燾公迅速接話，雙眼直視太陽星君毫不客氣的道：「星君恐怕不清楚，逮捕人犯時最重要的是速度，而不是火力，對寶樹姥妖這種狡猾的大妖怪更是如此。」

「寶樹姥妖之所以能逍遙法外上千年，靠的不是妖力，是逃跑的技巧，她每每在地府掌握行蹤前逃脫，甚是反過來設下陷阱誘殺追捕者，與其備妥人馬卻撲空，不如冒險出擊攔截犯人。」

「但是你的冒險失敗了。」太陽星君口氣嚴厲的道：「別告訴本星君『就結果論，你們成功捕獲寶樹姥妖一黨』，那只是誤打誤撞的結果，而且還是個相當糟糕的果子，你們幾乎是親手創造了一個具備千年妖力和兩界走之能的魔人！」

東嶽大帝皺眉道：「星、星君，你這話太……」

「帝君，本星君了解你愛護部屬的心，但此事沒有輕輕放下的餘地，否則將會導致莫大的危難。」

太陽星君厲聲強調，又將目光放回宋燾公身上問：「你怎麼解釋？別以為把蒲松芳美化成『意料外的協助者』，就能掩蓋自己的失誤。」

「本府不否認逮捕行動的成功是意外，也同意自身應為蒲松芳入魔負責，但若是不突襲，星君覺得會發生什麼事？」

宋燾公停頓幾秒，厲聲道：「會誕生一個道行更上一層樓，而且取得兩界走能力的大妖怪！當時寶樹姥妖的邪法已經走到最後一步，根據估算，她快則一週、慢則兩週就會功成圓滿，屆時那棵靠妖樹肯定會吞噬蒲松芳，奪走兩界走之力。」

「那麼讓一個黃毛小兒取得千年妖力，成為足以突破任何法陣與封印的魔人就比較好嗎？」太陽星君拍桌低吼。

「是沒有好到哪去，但至少這個黃毛小兒對天庭與地府都沒有野心，心中還擺著自己的哥哥。」

「你的意思是，蒲松芳還有良心嗎？」太陽星君的聲音飆高，浮現鄙夷的冷笑道：「有良心的人，會以他人的陽氣為材，建構奪取魂魄的法術？有良心的人，會跟隨殺父弒母的仇人六年？蒲松芳和寶樹姥妖一樣，是渴望力量不擇手段的扭曲之人！」

宋壽公垂在桌案下的手收緊，咬著牙努力維持冷靜，「星君認為蒲松芳是被力量迷惑，但本府認為，蒲松芳之所以會配合寶樹姥妖，只是因為他別無選擇，當時無論人間、地府或天庭，都沒人對他伸出援手。」

「……你是在指責本星君嗎？」

「本府只是陳述事實。」

東嶽大帝看著進入互瞪模式的下屬與天庭使者，舉起手左右揮動道：「停停停，星君和壽公都冷靜點。壽公只是自責自己沒幫上忙，星君也僅是擔憂情勢會更惡化，大家都是為三界著想，別吵架、別生氣。」

太陽星君搖頭道：「帝君，適當的寬厚是美德，但過度則會成為縱容。不過既然帝君出言緩頰，那本星君就先不追究過去之事了。」

東嶽大帝鬆一口氣恢復笑臉道：「既然有取得共識，我們就進入本次會報的主題——關於目前事態的應對。燾公，你報告辛苦了，先回位子上吧。」

「多謝帝君。」

宋燾公向東嶽大帝鞠躬，便轉身走回座位區。他將文書還給文判官，聽著堂上的討論，心中只有一個極度不敬的感想——煩死了，快點放他回去工作！

▼※▲▼※▲▼※▲▼※▲

天庭與地府的聯席會議持續了整整兩個小時才結束，會後東嶽大帝邀宋燾公與自己和太陽星君共進遲來的午餐，但宋燾公以「未處理案件堆得像玉山一樣高」拒絕。

宋燾公領著部屬返回城隍府，一行人剛踏進自家府院，就立刻彈指以法術換下不好行動的官袍，恢復各自慣穿的西裝、汗衫、中山裝、牛仔褲……等等現代服飾。

宋燾公拉鬆自己的領帶問：「老謝，前天抓到的那群混帳妖怪料理好了嗎？我要看他們的參冊。」

「十一人的參冊都製作完畢了，稽查司的人正在抽取裡頭的情資，明天晚餐前能完成。」謝平安回覆。

「晚餐前太慢了！太陽下山前給我。」

宋燾公轉向范無救問：「老范，之前廟裡控訴自己的兒子被黑道陷害入獄，還被同一幫人三番兩次騷擾的婦人，她那件的調查結果出來了嗎？」

范無救點頭，「稽查司的人已經查明了，那婦人說的都是實話，老大您打算怎麼處置？」

「讓那個黑道連續做下油鍋的惡夢一禮拜，再看看能不能送對方一個現世……」

宋燾公話說到一半，雙腳忽然一陣無力，雖然他馬上伸手扶牆穩住身體，但左右與後方的鬼差全都瞧見上司腿軟的瞬間。

長廊瞬間安靜下來，黑白無常和文判官擔憂的注視宋燾公，心思從手中的案件轉到重傷未癒的城隍爺身上。

宋燾公抽回壓在牆面上的手掌，甩了甩頭低聲罵道：「都死了還會血糖低！這也太不科學了！」

謝平安皺皺眉，難掩憂心的道：「纛公大人，您還是休息一下吧，您在突襲蘭若寺後就一直沒日沒夜的工作，再這麼操勞下去，您的仙體會先垮掉啊。」

范無救也上前道：「平安說得對！審問和痛扁龜孫子的工作交給我們，老大您先安心養傷，把身體調好再上工。」

宋纛公張口想拒絕，然而文判官以眼神附和黑白無常的請求。他和自家副官眼睛對視片刻，最後還是敗下陣來，「我去辦公室睡一下。老謝，你和老范去食堂的時候便幫我打一份飯回來。」

「我們馬上就去。」

謝平安看范無救一眼，黑白無常同時轉身，朝位於長廊盡頭的食堂飛奔而去。

宋纛公目送兩人跑遠，嘆一口氣，認命的朝自己的辦公室走，在文判官的監視下來到角落的行軍床前，脫下西裝外套躺上去。

他在關門聲中閉上雙眼，視線陷入黑暗，但是腦子卻仍轉個不停，想著城隍廟中民眾虔誠的祈禱，想著各地鬼魂在七月鬼門開時為了搶供品所發生的鬥毆……最後思緒停在寶樹姥妖一黨臉上。

「你的表情看起來一點也不像在休息啊。」

荷二郎的聲音忽然闖進宋熹公耳中，城隍爺睜開眼往右看，瞧見千年天狐站在自己的床邊，手中還提著一個裝有便當與湯的塑膠袋。

「我在門外遇見白無常，所以就替他送進來了。」

荷二郎將塑膠袋放到一旁的矮櫃上，來到行軍床正前方的沙發椅上坐下，「宋先生，今天報告辛苦了。」

「想損人的話到外面領號碼牌，一千年後我就會叫到你的號碼。」

「宋先生誤會了，我是真心心疼你，那麼正正經經的說一大段話，我很替你的喉嚨和火氣擔憂啊。」

「不勞你費心。」

宋熹公翻白眼，接著轉身背對荷二郎道：「你想說什麼就直說，我沒力氣也沒心情陪你轉圈圈。」

「我真的沒有在諷刺或捉弄你。」

荷二郎苦笑著低語，見宋燾公完全沒有翻身的意思，嘆一口氣，以認真的口吻道：「我想知道，你有沒有把握找到小松芳。」

「關於怎麼找到那個小兔崽子，我在會議上正正經經的報告過了。」

「你在會議上說的是城隍府尋人的方向，不是你有幾成信心能將人找回。」

荷二郎凝視宋燾公的背脊，收起笑容沉聲道：「你是有幾分把握說幾分話的人，而你沒在會議上提到尋人成功的機率，這是單純遺漏，還是覺得機率接近零？」

「……」

「燾公，回答我。」

「……機率接近零。」

宋燾公翻身坐起，靠上白牆沉聲道：「按照目前的方式，理論上應該能找到蒲松芳，但這只是『理論』，理論只能用在普通人身上，不能用在天才、蠢蛋和天殺的變態身上。」

「你覺得小松芳是變態？」

「不，那個小兔崽子是天才和蠢蛋的綜合體。」宋燾公伸長手臂，從外套口袋中翻出香菸道：「他和他哥不一樣，行動前不會先評估與擬定計畫，而是像小孩子一樣，想做什麼就做什麼；但是也拜他不做計畫、不考量周圍情況之賜，旁人無法預估他的動向，某方面來說比松雅還棘手。」

「不適用於現有的分析與規則，而是自成一格？」

「沒錯，所以普通人會躲在姥妖的巢穴、找害自己家破人亡的叔叔伯伯復仇，但蒲松芳不會，我的刑警直覺是這麼說的。」

宋燾公點燃香菸，仰望天花板皺眉道：「至於他躲在哪裡、打算拿姥妖的妖力做什麼，別問我，我不知道，我只見過那兔崽子一次，就算有他老爸的參冊，分析資料也太少了。」

「如果取得足夠的資料，你就能預測小松芳的落腳處嗎？」荷二郎問。

「是可能預測。」宋燾公低下頭糾正道：「我是在做犯罪側寫，不過一般的側寫是透過分析犯案現場、手法、被害人特質等，找出不知名犯人的身分。我則是倒過來，從調查蒲松芳本人的性格、經歷與習慣，推算他的下一步。」

「推算的準確機率呢？」荷二郎的目光也稍稍轉利。

「天知道。」

宋燾公沒察覺到狐仙目光的變化，聳聳肩膀吐出白煙，「雖然影集和小說中把犯罪側寫說得很猛，但實際上這是一種主觀又容易出錯的方法，因為分析者並非真的認識犯罪者，更沒有親身經歷犯罪過程，只是靠現場跡證、證人筆錄和二手報告等，『想像』犯罪者長什麼樣子。」

「不過，如果分析者和分析目標有實際接觸，且對對方非常了解，準確率就會大幅上升吧？」荷二郎又問。

「哈哈，如果有這種人就好了，我會馬上……」

宋熹公驟然停下話語，錯愣的開口問：「你確定要這麼做？我以為你一直非常反對我把松雅拉進來。」

「我是反對，但是仔細想想，小松雅一開始就是局中人。」荷二郎收緊置於腿上的手，堅定的輕聲道：「而且，我想回應那孩子的心意。」

「心意？」宋熹公問，他的語尾拉高，用瞧見怪物的眼神盯著荷二郎。

荷二郎愣了一會，讀懂宋熹公在驚嚇什麼後，噗哧一聲笑道：「不是你想的那種『心意』，小松雅和我可是祖孫關係，更何況他也有女朋友了。」

「那是哪種心意？」

「信賴。」

荷二郎將手放到胸口，露出欣慰又苦澀的笑容道：「小松雅這八天來，一次都沒有問過我小松芳的事——雖然他常常露出欲言又止的表情。他相信我會尋回他的兄弟，所以我想我也應該相信他。」

「你願意這麼想真是太好了。」

我之前罵了你不知道幾次都沒用——宋燾公沒將後半句話吐出來，僅是笑了笑，蹺起腳道：「既然狐仙大人願意放人，那我就不客氣了，我這幾天就會派人到荷洞院，請松雅到城隍府來。」

「來之前請先電話預約，別像上次那樣，仗著官威就擅自闖上樓。」

「誰叫你死不讓我上去。」

宋燾公從行軍床底摸出菸灰缸，捻熄香菸倒上床鋪，拉起薄被蓋好身子道：「好了，我要睡午覺了，門在那裡自己滾出去。」

「你不先吃飯再睡嗎？」

「吃不下。」

「無論生前還是死後，你都毫不注重健康啊。」

荷二郎起身走向門口，在離開辦公室前偏頭道：「宋先生，你菸抽太凶了，菸屁股都要從菸灰缸裡滿出來了。」

宋燾公的回答是舉起右手，對荷二郎比出中指。

▼※▲▼※▲▼※▲▼※▲

當城隍爺躺平在床上時，讓他頭痛的小兔崽子，正巧也躺在被窩中。

刺耳的鬧鈴聲在淡紫色的房間中迴盪，聶小倩推開門走入房中，在大理石地板上找到仰躺的鬧鐘，關閉鬧鈴後轉頭朝右側望去。

房間右方放著一張雙人床，床上的蠶絲被微微隆起，被子前端能瞧見幾撮白髮。

聶小倩跨過散落一地的書籍、網球、空零食袋和電腦遊戲盒，走到雙人床的床頭，彎下腰對白髮輕喚：「松芳少爺，鬧鐘響了。」

「……」

「松芳少爺，您定的鬧鐘響了。」

「……」

「松芳少爺，您四小時前定的鬧鐘響了。」

「……」

「松芳少爺，您四小時前在客廳……」

「小倩。」

蒲松芳將被子稍稍拉下，露出眼睛盯著穿著短裙、輕盈薄襯衫與絲襪的女鬼問：「妳穿這麼少，不覺得冷嗎？」

聶小倩面無表情的回答：「現在是夏天。」

「但是這個房間只有十度。」蒲松芳伸出右手，手上抓著冷氣機的遙控器，上頭顯示的溫度是機器的最低溫。

聶小倩的雙眉靠近兩公釐，認真的提醒：「我是死人，不受氣溫影響。」

「就算零度也不會有影響？」

「不會。」

「那絕對零度呢？」

「不會。」

「……」

「松芳少爺？」

「好失望啊啊——」

蒲松芳從床上彈起來，掀開棉被萬般不甘心的大吼：「如果統統不受影響，那我就不能和小倩玩『妳冷了吧？來，我的口袋借妳插』遊戲，或是實踐『寒冷的冬夜，就要來一杯關東煮』，更不能上演『讓我們用彼此的身體取暖』的……哈啾！」

聶小倩從床頭櫃上抽衛生紙給蒲松芳，在對方淨空鼻腔時問：「需要我替您買關東煮或暖暖包回來嗎？」

「不用，把冷氣關掉就……哈啾啾啾！」

「松芳少爺，請用暖暖包。」聶小倩遞出已拆封的暖暖包。

即使房內的冷氣關閉，還有暖暖包支援，蒲松芳在換睡衣的途中仍打了七、八個噴嚏。

聶小倩在噴嚏聲中走出房間，來到與寢室相連的客廳。

被落地窗包圍的正方形客廳以極簡風裝潢，天花板與地板皆為黑色，中間放置著線條俐落的單色桌椅、櫃子和電視機，此外還掛有幾幅由色塊拼貼成的現代畫作。

此處不是蒲松芳與聶小倩居住的老房子，而是位於市區精華地段頂樓的公寓，約二十多坪，格局分成兩廳兩房一衛浴，以公寓而言不算大，但是裝潢十分精緻，地段也相當方便。

蒲松芳在一次閒逛中看上這間公寓，他要聶小倩私下與公寓主人接觸，使用催眠術控制住對方後，將此處當成兩人的秘密基地之一。烏金華並不知道這件事，因此這間公寓沒有列在寶樹基金會的紀錄中，更沒成為城隍府的監控對象。

不過，蒲松芳之所以瞞著烏金華偷偷挑屋子，完全與此事無關，他只是單純想享受欺騙煩人老烏鴉的樂趣。

但是這可苦了聶小倩，苦的地方不是她得騙過烏金華，而是她不知道自己與蒲松芳根本不在城隍府的搜索名單內，卻一直擔憂這間顯眼至極、還沒有任何防禦法陣的屋子會被發現，因此自搬入公寓的第一天起，她就以二十萬分力氣監視周圍。

今天也是一樣，聶小倩在等待蒲松芳換衣服時，閉上雙眼靜心感受方圓一公里內的動靜，直到確定無論天空或地下都沒有陌生的氣息，才鬆一口氣睜開眼睛，卻瞧見蒲松芳的臉擋在自己前方五公分處。

聶小倩盯著人類的臉龐，沉默一秒後道：「松芳少爺，午安。」

「午安。」

蒲松芳後退一步，雙手抱胸失望的道：「同樣的招式不只對聖鬥士無效，也對小倩無效嗎？我上次近距離瞪妳時，妳的反應明明很有趣。」

「我不記得我有反應。」

「妳的瞳孔收縮了一公釐，這對冰霜美人而言可是很大的反應。」蒲松芳雙手指著眼角，同時誇張的睜大眼睛。

「我不是美人，是女鬼。」

「那就是冰霜美鬼。」

蒲松芳放下雙手，後退幾步坐倒在沙發椅上，邊打哈欠邊問：「小倩，我們該上工了，把『行程牌』拿出來。」

「遵命。」

聶小倩走到茶几前，從報紙與雜誌堆中翻出一個巴掌大的黑盒子，將盒子裡頭的塔羅牌遞給蒲松芳。

蒲松芳接下塔羅牌，將牌左右交疊、變換幾次後，雙手一揚將牌拋向天花板。塔羅牌在半空中散開，愚者、女皇、主教、惡魔、正義……十六張牌翻飛飄落，有的掉在茶几上，有的貼上大理石地板，但更多的是被沙發椅接住。

蒲松芳左右轉頭，拿起沙發上最靠近自己的塔羅牌，看看牌面驚喜的道：「是『女皇』啊！在連續三次翻到男孩子後，終於翻到女孩子的牌了。小倩，『女皇』是哪個人？」

聶小倩從口袋中掏出一本小冊子，找到標示著「女皇」二字的那頁唸道：「王知質，當鋪兼地下錢莊『巨紳』老闆王堅生之子，十六歲，就讀於山斐高中，二年級生。」

蒲松芳皺皺眉問：「王知質？這名字聽起來像男的啊。」

「他是男性。」聶小倩點頭。

「男的為什麼是女皇？這名單是誰排的？」

「是松芳少爺，您三週前抽籤決定的。」

蒲松芳縮了一下手指，用塔羅牌遮住自己的嘴道：「小倩，妳什麼時候增加了吐嘈屬性？」

「我是死人，不會嘔吐。」

「妳明明就會吐嘈！」

「我不會嘔吐。」

「妳會！」

「不會。」

「會！」

「……」

「……」

蒲松芳和聶小倩隔著塔羅牌和小冊子對視，一方頂著因怒氣而微紅的臉，另一方則是漠然中帶有幾分苦惱。

兩方沉默近一分鐘後，苦惱的那方出聲打破僵局問：「松芳少爺，要重抽行程，還是以王知質為目標？」

「就以王知質為目標。」

蒲松芳將「女皇」揉成一團，揚手扔進角落的紙簍道：「因為結果不滿意就重抽，那麼抽籤的意外性和趣味就沒了，所以……雖然我很想找可愛的小妹妹喝茶，但既然塔羅之神要我先處理小弟弟，那就先去找知質小朋友吧。」

「根據先前的調查，王知質固定出現的地點有學校、住家、遊樂場、夜店和補習班。」

「才十六歲就上夜店，真是個壞孩子啊！他都去哪間夜店？」

「東區的『寨主』，不過他已經一週沒前往該店，平日只在住家、學校與補習班之間移動。」

「為什麼？」

「安全顧慮。」

蒲松芳愣了一會，接著恍然大悟，倒在沙發上捧腹大笑：「這些人總算有感覺了！但這算什麼？如果真的害怕了，怎麼還放人去學校和補習班？」

「他們可能以為是普通的尋仇事件。」

「那可麻煩了，我的目標是可愛又迷人的反派角色，不是無聊又常見的雜魚小兵啊！得給他們一個震撼教育，矯正錯誤認知才行！」

蒲松芳朝天花板揮舞拳頭，再垂下手盯著客廳中央的吊燈，思索片刻後問：「小倩，知質小朋友出門時有人保護嗎？」

「他有四名保鑣。」

「妳能撂倒那些保鑣嗎？」

聶小倩靜默不語，但這就是最直接的回答。

蒲松芳勾起嘴角，翻身從沙發上坐起來道：「那就拜託妳了！我去找知質小朋友，妳去處理那四名保鑣，下手時務必展現『老娘和你們這群討債集團完全不同等級』的氣勢。」

聶小倩不認同的提醒：「松芳少爺，這麼做可能會驚動城隍府。」

「那又如何？」

「城隍府會將您帶走。」當聶小倩回答時，她握著冊子的手緩緩收緊。

蒲松芳沒漏看這個動作，他站起來繞過茶几，將聶小倩的手拉到自己面前，低頭印下一吻。聶小倩嚇一跳，本能的想抽回手，卻反而被蒲松芳抓得更緊。

「我是小倩的所有物。」

蒲松芳放下但沒有鬆開聶小倩的手，凝視錯愕的女鬼道：「所以我不會讓城隍府、天庭，或其他阿里不達的東西帶走我，小倩妳不用擔心。」

聶小倩的嘴脣微啟，看起來似乎想說什麼，不過最後仍只有點一下頭，「我知道了。」

「那就好。」

蒲松芳放開聶小倩的手，往後仰躺回沙發椅上，摸著下巴認真思考的問：「對了，小倩，既然要轟轟烈烈的幹一場，我們是不是特別打扮一下比較好？我穿那件有大立領、滾金流蘇的吸血鬼披風，妳換我們之前從公寓裡挖出來的ＳＭ女王皮衣。」

「松芳少爺，這麼做可能會驚動警察。」

第二章

地府特產是蜜糖吐司？

位於舊港口與老市街之間的城隍廟一如往常，被虔誠的信眾、觀光客與小販所包圍，禱告聲、嬉笑之語和叫賣喊聲在微熱的空氣中混合，讓廟宇沉浸在熱鬧的人潮之中。

蒲松雅、胡媚兒和朱孝廉穿過廟口的人群，進入香煙繚繞的城隍廟正殿。兩天前，蒲松雅透過宋燾正收到宋燾公的邀請，希望他抽空到城隍府一趟，協助目前進入膠著狀態的搜索行動。

蒲松雅一口答應邀約，他本想一個人去城隍府赴約，但是胡媚兒第一個跳出來反對，而一旁的朱孝廉也跟著舉手大喊「拒絕排擠、抗議影薄，我也要去！」，兩人合力將蒲松雅煩到點頭同意同行。

只是同意歸同意，蒲松雅還是給了兩個人諸多的限制與交換條件。胡媚兒是接下來七天都不准喝酒、吃零食、熬夜看韓劇，同時嚴禁做出會讓傷口擴大的舉動；朱孝廉是進入城隍府後嚴禁亂摸、亂跑、亂拍照，附帶打掃秋墳書店的廁所一週。

「發現了！」胡媚兒盯著右側的白牆，三步併作兩步跑到牆壁前，拍拍正中央的黑門催促道：「門在這裡，快點過來。」

「門？」朱孝廉問，在他眼中牆壁就是牆壁，上頭有龜裂有灰塵，但就是沒有門。

「城隍府的出入口。」

蒲松雅抓住朱孝廉的手臂，將他從合掌祭拜的香客群中拉出來，跨大步走向胡媚兒。

胡媚兒在三人聚齊後，以指尖碰觸黑門的門把唱誦：「玉詔所頒，東嶽所轄，判陰斷陽，唯城隍令。弟子胡媚兒，凡人蒲松雅、朱孝廉，奉臺北府城隍宋燾公之召，求入城隍府。」

胡媚兒一吐出最後的「府」字，黑門就透出金光，光線由下而上掃過整個門板，照亮門前三人的腳、身與臉後散去。同時，胡媚兒指下的門鎖發出解鎖的輕響，漆黑門板微微向內滑，對門外之人做出無言的歡迎。

蒲松雅看著半開的黑門，有點意外的低語：「地府版的『芝麻開門』咒比我想像中長。」

「芝麻開門？」胡媚兒回頭問，搖搖手糾正道：「那個不是芝麻開門喔，是恭敬的招呼語，目的是告知守門將軍我們的身分和來意，將軍聽完後如果願意放行，門才會打開。」

「但是我上次開門的時候，什麼都沒唸，門就開了。」

「因為松雅先生是兩界走，而且我進去後又忘記把門關好。」

「……」

「松雅先生？」

「妳和孝廉先進去，我走最後一個關門。」

三人踏進城隍府，府內構造和蒲松雅先前闖入時毫無不同，依舊是由藍牆、大理石地板和雕金方窗所組成的長廊。

不過，構造雖然沒變，氣氛卻與上次大大不同。長廊上有不少抱著文件飛奔的鬼差，沿著走廊一字排開的辦公室也不時有人進出，忙碌與緊繃從走廊頭蔓延到走廊尾。

「所以你就拿榔頭給他敲……欸，小媚妳到了啊！」范無救遠遠看到胡媚兒，他將身邊的新進鬼差打發走，挺著圓滾滾的肚子跑向三人，「你們怎麼這麼早到？不是說十點過來嗎？現在明明才……平安，現在幾點？」

「十點半了！」謝平安看著自己的腕錶，倒抽一口氣愧疚的道：「抱歉，你們等很久了吧？我們忙著處理打群架的鬼，忘記注意時間。」

蒲松雅搖搖頭道：「沒關係，我們因為路上塞車的關係，五分鐘前才進來。」

「沒等到就好。」謝平安鬆一口氣，他和范無救對看一眼，黑無常轉身繼續處理案件，他則側身道：「三位請跟我來，我帶你們去找　公大人。」

三人跟在謝平安身後，蒲松雅走在最後頭，眼角餘光偶然掃過朱孝廉，發現自家工讀生左右轉頭，嘴裡還不停碎唸著「在哪？」、「沒有嗎？」之類的怪話。

「沒有什麼？」蒲松雅拍朱孝廉的肩膀問。

朱孝廉震動一下，僵硬的乾笑道：「沒、沒有沒有什麼，我只是第一次下地獄……我是說第一次到地府，覺得很新鮮。」

蒲松雅挑起單眉，他直覺認為朱孝廉在打什麼鬼主意，皺眉警告道：「你還記得先前答應我的事吧？如果你在這裡闖禍，我可不會幫你收拾善後，自己想辦法爬回人間。」

「我當然還記得，店長你都逼我和小媚複誦三次，還寫成書面契約要我們簽，想裝傻賴帳都沒辦法。」

「本來就不該裝傻賴帳！」蒲松雅伸手拍朱孝廉的頭。

在蒲松雅施暴的同時，一行人也來到了城隍辦公室前。

謝平安原想陪他們進去，但是他臨時接到鬼差通知，有七十多名鬼為了爭奪普渡法會的號碼牌，在基隆廟口大打出手，只得隔著門告知宋燾公人到了，接著便轉頭趕赴現場。

蒲松雅等人目送白無常消失在走廊另一端，三個人將視線放回辦公室的門上，等待近五分鐘都不見有人出來或應聲，只好自己動手開門。

「燾公大人，我們進來囉！」

胡媚兒打房門，她沒瞧見宋燾公，因為城隍爺的上半身完全被桌上的資料夾、檔案簿和書籍遮住，不見人影，只聞斷斷續續的髒話。

宋燾公這方也一樣，他被文件擋住視線，直到一疊參冊失去平衡整疊倒向地板，他才看見門口多了三個人。

「你們……啊啊！我忘記你們是今天來！」宋燾公抓抓頭髮，伸手指指辦公桌前方的沙發座道：「先坐下，然後誰都好，幫我把參冊撿一撿，放到旁邊的櫃子上。」

「交給我！」

胡媚兒一個箭步移動到辦公桌前，蹲下來將散落一地的參冊拾起，疊好後放上櫃子。

蒲松雅在胡媚兒撿書時走到沙發前坐下，他和宋燾公對上視線，剛想要發問，對方就先一步開口。

「荷二郎有告訴你，地府天庭聯席會的決議嗎？」

宋燾公盯著蒲松雅的臉，從人類的表情變化中讀出答案，嘆口氣道：「那隻老狐狸……嘴巴上說要回應信賴，結果到頭來還是繼續走溺愛路線，把麻煩的事全丟給我。」

「決議對阿芳很不利嗎？」蒲松雅問。

「不有利也沒不利。」

宋燾公伸手從抽屜中拿出一本黑皮薄本，將本子扔給蒲松雅道：「這是當天的會議紀錄，前半部幾乎都是廢話，看後面兩、三頁的地方就好。」

蒲松雅接住薄本，翻到倒數第三頁，掃視上頭由小楷寫下的文字。

工整的毛筆字告訴蒲松雅，天庭使者與東嶽大帝達成結論，關於兩界走蒲松芳之事暫時全權交由臺北府城隍處理，但假如城隍府未能在八月前將人尋獲，天庭就會插手，派出天兵天將將魔人蒲松芳擒回煉化。

「『煉化』是什麼？」蒲松雅抬起頭問，他曾在一些神怪小說中看過類似的詞，但不確定人類小說家的定義適不適用於天庭神明。

「是將人、妖、神丟進大鍋爐中，慢慢燒熔成仙丹、毒藥或寶器。」宋燾公挪動桌上的書冊道：「如果你看過《西遊記》，裡頭的孫悟空就被抓去煉化過，不過他是失敗案例，沒變成藥丸，反而被燒出一雙火眼金睛。」

「我知道孫悟空的火眼金睛。」蒲松雅的嘴角微微抽動，壓抑著驚愕的情緒道：「他被丟進太上老君的煉丹爐中，用天火燒了七七四十九天。你們有必要這樣對待阿芳嗎？他是做了不少錯事，害別人忙得人仰馬翻，可是這麼處置也太過頭了吧！」

「煉化不是針對你弟所作所為，是針對他本身。過去天庭與地府對於魔人的處置，幾乎都是以煉化處理。」

「魔人有那麼罪大惡極嗎？天庭就沒下令把寶樹姥妖抓燒製成木炭。」

「魔人不是有罪，是危險。」

宋熹公將腳蹺上辦公桌，依序指著胡媚兒、朱孝廉、自己和牆上懸掛的東嶽大帝像，解釋道：「不管是妖怪、人類、鬼或神，全都是順應自然而生，但魔人不是。魔人是某人、某仙、某妖、某個鬼東西，以違反常理的手段奪取不屬於自己的力量，這通常……不，是一定會導致大災難，因為魔人會破壞陰陽平衡、三界界線，下場不是拖著一群人自滅，就是成為力量的奴隸。」

「但是……」

「除此之外，魔人因為自身陰陽氣嚴重失衡的緣故，極度渴望他人的血肉，會像電玩裡的殭屍一樣四處襲擊活人。而被咬的人雖然不會魔人化，但卻會加深魔人的嗜血程度。」

宋燾公停頓片刻，單手支著頭道：「與其眼睜睜看著親人失去理智變成怪物，不如在對方做出會讓自己後悔的事前，讓他以人類的身分投胎——至少我個人是這麼覺得。」

蒲松雅雙脣微啟，他情感上想反駁宋燾公，可是理智上又十分清楚對方的言論並沒有能夠被駁斥的地方。

——冷靜下來蒲松雅！你只有冷靜理性一個長處，別將自己唯一的優點搞丟了！

蒲松雅在心中低語，他仰起頭深呼吸，重新思考會議紀錄的內容，恢復冷靜問：「先前老闆告訴我，因為過去沒有兩界走吞妖怪的前例，所以關於阿芳的處置要等天庭與地府討論後，才能做出最後的結論。」

「沒錯，我丟給你的就是結論。」

「我只看到天庭的結論，沒看到地府的。」

蒲松雅翻轉黑皮薄本，指著末尾的毛筆字道：「這上面只有寫，假如城隍府未能在時限前找到阿芳，天庭就會動手把阿芳抓去煉化，但如果城隍府有呢？你們打算怎麼做？」

「我們打算狠狠的揍那個小兔崽子……」宋燾公停頓片刻，勾起嘴角露出笑容，「直到他把所有不該吞的東西吐出來。」

蒲松雅愣住，他想起荷二郎提過的三種處理可能：殺死、監禁和淨化。天庭的選擇顯然是第一種，而城隍府則是……

「我們會盡全力救回松雅先生的弟弟。」

胡媚兒握住蒲松雅顫抖的手──蒲松雅本人完全沒發現自己的手在抖。她將目光投向宋𤊹公，問：「𤊹公大人對吧？我們不會讓天庭把松芳殺掉。」

「我們只負責帶陽壽耗盡的人下地獄，不負責提前幹掉活人。」宋𤊹公回答，他起身走到蒲松雅面前道：「但是如果無法在半個月內，也就是八月之前找到蒲松芳，你弟的魂魄就會和寶樹姥妖的妖氣完全結合，屆時『人類的蒲松芳』會完全消失。」

「但只要能找到他，那就還有救，對吧？」蒲松雅反握胡媚兒的手，抬頭望著宋𤊹公，問：「你們有阿芳的下落，或是相關線索嗎？」

「我們還沒查到你弟躲在哪個坑裡，至於線索……」宋𤊹公側身，拍拍辦公桌左側的文書道：「我們手上有寶樹姥妖的所有據點、你弟失蹤這幾年固定出入的場所，以及和他有仇的人的名單。」

蒲松雅轉向文書堆，皺眉不確定的問：「你是打算……要我參考這些資料，推算出阿芳在哪裡嗎？」

「就是如此。」宋焄公轉身回到辦公桌之後道：「把那堆東西看完後，你要是覺得有缺什麼就直說，我們現在是同一條船上的人，用不著客氣。」

蒲松雅感受到暖意，他想感謝宋焄公的努力與信賴，但此刻最好的感謝不是言語，而是行動。

蒲松雅走向文書堆，抱起一疊書問：「可以先給我紙、筆和一壺茶嗎？」

「我去泡茶！」胡媚兒站起來，望向其他人問：「焄公大人和孝廉呢？你們要喝什麼？」

「我要咖啡。」

「我要無線網路和綠茶多多。」

朱孝廉舉手說著，一說完就被蒲松雅拍頭。蒲松雅扭曲著臉罵道：「綠茶多多就算了，這裡是城隍府、是陰間，怎麼會有無線網路？」

「有喔。」

「你想上網就回去……焄公你說什麼？」

「我們有無線網路。」宋焄公抽起一張便條紙，邊寫帳號密碼邊道：「帳號是Cheng

Huang102，密碼Taipei。連上網後別幹不該幹的事，如果有洩密、偷上色情網站或亂拍照打卡之舉，一律罰光棍一輩子。」

「我絕對會嚴守分際！」朱孝廉鐵青著臉保證。

宋燾公瞄到蒲松雅詫異的臉，聳聳肩膀道：「天庭和地府裝網路裝很久啦，要不然你以為那些線上抽籤、網路上香的網站是怎麼運作的？」

「松雅先生，我去食堂買飲料。」

胡媚兒從椅子上站起來，拎著自己的側背包問：「你只需要茶嗎？要不要來一份蜜糖吐司或小火鍋？臺北府食堂的『夏日限定・水果轉輪吐司』和『車裂山豬鍋』都是相當有名的料理，很多神或鬼來訪時都會點上一客。」

「給我普通的茶就好。」蒲松雅板著臉回答，心想：雖然不恐怖的陰曹地府很好，但是時髦到有無線網路還賣蜜糖吐司……這年頭傳統都是用來打破的嗎？

胡媚兒與自告奮勇當搬運工的朱孝廉邊討論要買什麼當午餐，邊朝食堂前進。

蒲松雅則留在辦公室內，他埋首於資料堆，思緒很快就沉入筆錄、名冊、科學或不科學的調查報告中，對周圍的聲響與人事物不聽不看，一心吸收與分析著手中的卷宗。

拜此之賜，當蒲松雅結束三小時的閱讀，抬起頭回歸現實時，才發現辦公室和他剛踏進來時已有極大的差別了。

辦公室內的桌椅擺設沒有變化，但是桌案上放著的不再只有文件，還有沾有鮮奶油與果醬的瓷盤、沉著椰果或珍珠的手搖杯飲料、吃到一半的小火鍋和熄滅的酒精膏。

而三小時前，宋燾公在辦公桌後批公文，胡媚兒與朱孝廉兩人坐在茶几旁；三小時後，宋燾公依舊在相同的位置做差不多的事，但朱孝廉從沙發換到角落的行軍床上滑手機，而胡媚兒則……

「炒飯……」

胡媚兒掛著微笑說夢話，她以蒲松雅的大腿為枕，曲起手腳窩在沙發上。

蒲松雅低頭瞪著狐仙，他完全不知道對方是何時爬到自己腿上，只能從大腿麻痺的程度來判斷胡媚兒至少躺一個小時了。

我的警戒心有這麼低嗎？蒲松雅質問自己。

他拍了拍胡媚兒的肩膀，狐仙沒反應；他再猛搖對方的肩膀，結果只得到一句輕輕柔柔的「泡麵……」。

蒲松雅的胸口燃起無名火，他掐住狐仙的臉頰，毫不留情的往左右拉。

「餃……痛痛痛痛——」胡媚兒驚醒哀號，在蒲松雅鬆手後馬上逃到沙發椅另一端，淚眼汪汪的道：「松雅先生好過分！你就不能用溫柔一點的方式叫醒我嗎！」

「我有，但是妳沒反應。」

「那是你用錯方法！如果你用吻的，我馬上就會醒過來。」

蒲松雅的臉色一下子轉紅，還沒想到要怎麼回應，前方就傳來帶有諷刺的低語。

「真是甜蜜啊！」宋燾公將公文推到一邊，單手支著頭道：「什麼都不用做就有美女投懷送抱，真是個罪惡的男人，是不是該把你丟進某個地獄懲罰一下？」

「請不要開這種恐怖的玩笑。」蒲松雅的背脊一陣惡寒。

「誰跟你說我在開玩笑？」宋燾公挑眉反問，見蒲松雅的臉色轉白，他靠上椅背笑了笑道：「要你的啦！看完了吧？告訴我心得。」

蒲松雅微微皺眉，花了半分鐘思索要如何說明後，拿起列有寶樹姥妖據點的冊子，直接講結論：「我覺得阿芳的藏匿處不在這份名單上。」

「為什麼?」宋燾公問。

「原因有兩個，一個是太無聊。」

蒲松雅翻動冊子，注視上頭的大樓與房舍的名稱、地址和照片，分析道：「這些屋子清一色是不新不舊的中古屋，座落的位置沒特別偏僻，但也不是市中心的精華地段，且每間屋子的外觀都非常普通，不符合阿芳的喜好。」

「你弟偏愛奇特的住所?」

「以阿芳的話來說，是『有趣』。他對中庸的物品沒興趣，他喜歡的是新潮到超乎常人想像，或是陳舊到像是另外一個世界的遺物之類的東西。」

蒲松雅將冊子翻到最後一頁，反轉書本指著上頭紅屋頂、藍牆壁、黃圍牆的老房屋，繼續解釋：「舉例來說，這間房子就符合他的喜好，房屋本體有舊時代的氣息，但是外部的塗裝又走現代風。集合老東西和新風格，是他最喜歡的類型。」

「那他有可能躲在那間屋子裡嗎?」宋燾公指著照片問。

「不可能，理由是第二個原因。」蒲松雅放下小冊子道：「阿芳的好惡很強烈，如果他討厭某人，那麼不只是當事人，連對方碰過的物品、居住的地方和興趣都會一起討厭，因此他不可能住在寶樹姥妖準備的居所。」

「不在名單上……」宋熹公偏頭露出苦笑道：「那我們這十天的埋伏、搜查和整理，全都是幹白工啊！」

「抱歉，沒幫上你的忙。」

「不，我不是在指責你，能證明這些資料沒有參考價值，就幫我很大的忙了。」宋熹公站起來，邊活動僵硬的身體，邊走到蒲松雅面前問：「除了地點呢？有沒有其他讓你覺得需要補強，或是覺得奇怪的地方？」

蒲松雅掃視茶几上的文書，從中抽出一本紫皮書道：「我注意到，你們的筆錄是採用先審問，然後再抽取當事人的記憶比對。這是為了了解審問對象想隱瞞什麼吧？因為如果只是抽取記憶，雖然能免除被誤導的可能，但也無法得知當事人對事件的看法。」

「沒錯，你對這個做法有意見？」

「我沒有意見，而是在我看過所有筆錄中……」蒲松雅指指茶几上其餘的紫皮書，再翻開自己手中的書道：「在審問部分，或多或少有閃躲、欺騙或抗拒回答，但只有這本──烏金華的筆錄，誠實到教人起疑的地步。」

「烏金華？」胡媚兒微微抬起頭問：「這名字聽起來有點耳熟，是在哪聽過？松雅先生，你有印象嗎？」

「在長亭家見過一次面，當時妳也在，翁藪在她離開後，有向我們介紹她的名字。」

蒲松雅揮了揮紫皮書，望向宋燾公道：「上面說她是寶樹姥妖的大弟子、寶樹基金會的執行長，這種人居然完全配合審問，我覺得這很不正常。」

「我也這麼覺得。」宋燾公揉著自己的脖子抱怨：「那隻老烏鴉以奸詐著稱，老實成這樣讓我都要懷疑自己是不是抓到她的雙胞胎妹妹了。」

「是想用坦白換取減刑、單純放棄掙扎，還是有別的企圖？」蒲松雅摸著下巴低語。

「我賭一包菸，她是別有企圖。」

宋燾公從口袋中拿出菸盒，挑開蓋子想抽出香菸，不過動作卻中途停頓了，也轉頭朝蒲松雅問：「如果我讓你見烏金華，你能不能猜出她在盤算什麼？」

「我不是偵探，也沒受過相關訓練，辦不到……」

「我不能放過任何能靠近真相的可能。」宋燾公打斷蒲松雅，筆直的注視人類問：「不管是百分之十，甚至百分之一的可能性，只要不是零，都有嘗試的價值。如何？你有高於零的把握嗎？」

蒲松雅沉默著，在與宋燾公對視將近半分鐘之後，他深吸一口氣慎重的道：「我盡力試看看。」

「等一下燾公大人！」胡媚兒從椅子上跳起來，用力揮舞雙手道：「不行不行絕對不行啦！烏金華可是重刑犯耶！如果二郎大人知道您讓松雅先生接觸那麼危險的人……」

「他會發飆。」宋燾公抽出香菸道：「我是無所謂，但是妳就糟糕了，所以為了自己好，別讓那隻老狐狸發現。」

「怎麼可能不被發現！燾公大人您明明知道我最不會說謊，只要二郎大人試探一下，我就會說出去啊！」胡媚兒大聲抗議，急得狐耳與狐尾都冒出來。

「妳的年紀也不小了，該學學怎麼說謊騙人啦！」

宋燾公點燃香菸，走向門口道：「把東西收一收，我帶你們去見烏金華。」

「孝廉也一起嗎？」蒲松雅指著行軍床上的工讀生問。

朱孝廉似乎處於卡關狀態，五官扭曲如憤怒鳥。

「也一起。」宋燾公回答，拎起衣架上的外套，勾勾手指要其他人跟上。

▼※▲▼※▲▼※▲▼※▲

蒲松雅將朱孝廉從行軍床上挖起來，走在胡媚兒與宋燾公後頭，一起進入長廊轉角處的電梯。

城隍府的電梯比蒲松雅想像中普通，雖然門上刻著符文，樓層標示是大寫的中文數字，但是大小與構造都與一般辦公大樓的電梯相同。

——地府一點也不可怕啊！

蒲松雅不自覺的放鬆戒備，以至於當電梯門打開，他看見冰寒入骨的鬼氣、聞到刺鼻的血腥味、聽到斷斷續續的哀號聲，與身旁是懸掛白骨與肉塊的牆壁時，整個人瞬間僵直。

朱孝廉的反應更大，他放下手機抬頭往前望，與偶然路過的牛頭馬面對上視線，盯著高大壯碩、身披染血白圍裙的牛馬兩秒，轉身抓住蒲松雅尖叫：「店店店長！有有有——」

「牛和馬。」蒲松雅冷靜的回話，他被朱孝廉一抓回神，推開嚇得發抖的工讀生道：「你忘記我們人在哪了嗎？這裡是陰曹地府，幫我們帶路的還是七爺八爺，再冒出個牛頭馬面也很正常。」

朱孝廉抖著聲音道：「但是、但是他們身上有……」

「番茄醬。」宋燾公插話，望著走遠的屬下解釋道：「老牛和老馬最近迷上窯烤披薩，一有空就窩在廚房研究醬汁和麵團，前陣子提刑司的新人還被他們抓去試吃，結果統統吃壞肚子。」

「鬼會吃壞肚子？」蒲松雅微微扭曲著臉問。

「鬼還會有菸癮呢！」

宋燾公晃晃手中的菸，跨出電梯轉向右側的走廊，帶著人類與狐仙走過由長舌吊死鬼坐鎮的訪客登記櫃檯，走了將近二十分鐘的路後，終於來到安置待處理人犯的羈押區。

羈押區是一個正方形的區塊，正中央是四名鬼差，他們背靠背而坐，目光銳利的監視犯人；前後左右則是粗鐵杆與黑磚頭分割的小房間，這些房間依據關押者的危險度，貼著數量不等的符咒。

宋燾公直直走向正對出入口的鐵牢，以持菸的手敲敲貼滿紫符的鐵欄杆，對著裡頭被鐵鍊緊緊束縛的女子喊道：「喂，給我醒來，午睡時間結束了。」

女子緩慢的抬起頭，罩住臉龐的長髮左右滑開，露出蒲松雅與胡媚兒在翁家宅邸內見過的臉。

正確來說，露出的是那張臉的破損版本，女子——烏金華的臉上不見豔麗的紅妝，取而代之的是瘀青、燒傷、血漬與黑灰；黑髮也不再柔順如絲緞，髮絲失去光澤，蓬鬆凌亂的蓋在肩膀與鐵鍊上。

雖然烏金華變得如此狼狽破爛，她的眼神仍舊平靜，甚至在認出宋燾公後微笑道：「午安啊城隍大人，您看起來氣色不錯，有什麼我能效勞的地方嗎？」

「妳的臉看起來倒像是被大卡車輾過。」

宋燾公後退兩步，將手放到蒲松雅的背脊上，將人往前推道：「今天妳要『效勞』的對象不是我，是受害者家屬。」

「家屬？」烏金華先是愣住，接著露出燦爛的笑靨道：「原來是蒲先生，好久不見，您最近過得如何？」

「馬馬虎虎。」蒲松雅回答，低頭注視烏金華問道：「妳被拷問了？」

烏金華苦笑道：「作為萬惡的寶樹姥妖弟子，多少會受到一些關愛。」

「即使妳很配合調查？」蒲松雅在說話時向前一步，拉近自己與烏金華的距離。

「是啊，城隍府的大人和人類的檢調人員不同，並沒有汙點證人、認罪協商，或是『人犯犯後態度良好，應從輕量刑』的概念呢。」

「妳打算認罪？」蒲松雅挑起單眉問：「妳的同黨都拚命隱瞞與掩護彼此，妳卻想和城隍府合作？」

烏金華聳聳肩膀道：「如果能讓自己的下場好一點，有何不可？我是現實主義者，沒有犧牲自己的利益、保護已經死透之人的興趣。」

「鬼扯。」宋燾公低聲道。

「是真的。」烏金華嘆一口氣將目光移開道：「人類不是有句名言『坦白從寬，抗拒從嚴』嗎？問什麼答什麼還得受鞭打，這要是傳出去，以後哪個犯人敢說實話？」

蒲松雅沒有回應，他凝視烏金華的臉，烏鴉妖看起來不像在說謊，而根據筆錄與記憶的對照資料，對方也真的沒提供過假情報。但即使如此，他還是覺得有哪裡不對勁，烏金華的坦白中少了什麼，而這個「什麼」，恐怕就是自己與宋燾公亟欲尋找的東西。

「蒲先生，你是城隍爺的朋友吧？」烏金華挪動膝蓋，靠近鐵欄杆陪笑道：「看在我也算動物的分上，雖然我不是哺乳類……也幫我美言幾句吧！你的大恩大德我一定沒齒難忘。」

蒲松雅的手指顫動一下，眼中的迷霧驟然散去，找到令自己感到異常的原因。

烏金華雖然在求情，但是話語和表情中卻沒有急切、痛苦或恐懼等情緒，像是演技精湛卻沒有投入情感的演員，因為有形無殼而給人違和感。

——必須挖出烏金華真正在意的事。

蒲松雅的目光轉利，低頭面無表情的問：「妳……其實很不甘心吧？」

「說了實話卻招來更多懷疑，這是挺讓人不甘心的。」烏金華聳肩嘆息。

蒲松雅搖頭道：「不，我所說的不甘心，是指妳們在最後一刻被阿芳大翻盤。」

烏金華的嘴角拉平了半秒，但她很快就擺出厭惡的表情道：「過去的事是過去的事，現在我……」

「妳完全沒從失落中走出來。」蒲松雅蹲下來，直視烏金華的眼瞳道：「但這也怪不了妳，費心費力執行了六年的計畫，卻在事成前一刻化為烏有，任何人都會不甘心。」

烏金華撇開頭道：「我的心胸沒有那麼狹隘，雖然我承認自己有點生氣，但生氣又能如何？對我的處境一點幫助都沒有。」

「是不會有幫助沒錯。」蒲松雅站起來，居高臨下俯視烏金華道：「所以我勸妳早日放下，妳已經玩完了！堂堂百歲與千歲的大妖怪，居然敗給兩個年齡不足自己十分之一的小毛頭，妳不覺得丟臉，我都替妳們不好意思了。」

烏金華的雙眼睜大，錯愕的盯著蒲松雅。

「妳一定會成為妖怪界的笑柄吧？」蒲松雅冷笑道：「『妳看妳看，那個人是烏金華，一個被人類小鬼踢進大牢的蠢妖怪！』等妳下地獄後，恐怕天天都會被這麼取笑。」

「你……」

「哎呀哎呀，光想就覺得可憐，是不是要直接灌妳一碗孟婆湯，讓妳忘記自己做的蠢事？」蒲松雅彎下腰，臉上滿是嘲諷之笑，「不過，看在妳這麼可憐的分上，我就不繼續刺激妳了，棒打落水狗有失我的格調。」

「……」

「再見啦老太婆，好好保重身體，我有空會下來看妳。」語畢，蒲松雅揮揮手，掉頭朝羈押區的出入口前進。

宋燾公與朱孝廉也隨著蒲松雅往外走，胡媚兒遲了兩、三秒才跟著動作，她走在人類身邊，正想問對方為什麼卯起來嘲諷烏金華時，背後突然傳出爆吼聲。

「你……你也只有現在笑得出來！」

烏金華拖著鎖鏈撲向鐵欄杆，一反先前的平靜，齜牙裂嘴的怒吼：「不管你做多少努力，找來多少幫手，你的願望都不會成真，等著你的只有絕望和死亡！你以為自己把我和師尊踢進地獄嗎？錯了！你和你弟弟才是要準備下地獄的人，你們的下場會比我們悽慘百倍！」

「妳說什……」

胡媚兒想反擊烏金華，不過蒲松雅拉住她，阻止狐仙說下去。

蒲松雅扣著胡媚兒的手背，維持背對烏金華的姿勢道：「妳是在詛咒我嗎？我是無所謂，但妳這麼大吼大叫，可會讓原本就不在手上的汙點證人資格一口氣飛到太平洋的另一端喔。」

烏金華的肩膀微顫，收起氾濫的怒氣，退回牢房的正中央道：「不愧是同一隻母狐狸生的禍害，兄弟倆一樣，光憑聲音就會激怒人。」

「感謝妳的讚美。」蒲松雅回過頭冷笑一下，邁開步伐繼續朝出入口走去。

胡媚兒被蒲松雅拉著走，她感覺對方的手勁越來越重，等到兩人走出羈押區，來到放著桌椅的休息處時，力道已經強到會將普通人類掐成瘀青的地步了。

胡媚兒蹙眉，想問蒲松雅發生什麼事，可惜在她開口前，宋燾公先出聲了。

「那邊那個傢伙，你打從進來後就一直鬼鬼祟祟的，是在找什麼東西啊？」

宋燾公扣住朱孝廉的後頸，一把將人拉到自己面前，打開對方的背包翻找一陣，拿出一大包紅線與喜糖。

「啊啊啊，我要獻給月下老人的供品啊！」朱孝廉舉起手想搶回自己準備的禮物，無奈他雙手的長度和速度都不如城隍爺，死命抓了幾次都撲空。

「月老？你還挺內行的嘛，知道我的府中有月老。」宋燾公鬆手讓糖與線落回朱孝廉手中，將人往胡媚兒的方向推道：「小媚，妳記得老月的辦公室怎麼走吧？帶這傢伙過去。」

胡媚兒嚇一跳，指著自己的臉問：「欸，我去？那松雅先生怎麼辦？」

「我會負責把人運上去，不過我還有點事想和他討論，就約在我的辦公室會合吧。」

「可是……」胡媚兒瞄向蒲松雅，對方已經放開她的手，但是表情仍陰鬱得嚇人。

宋燾公乾咳一聲，將狐仙的注意力拉回來道：「我辦公室的壁櫃中，有昨天從金門送來的高粱酒，妳在等我們時可以開來喝。」

胡媚兒眼睛一亮，抓起朱孝廉的手奔向電梯吶喊：「松雅先生、燾公大人再見！」

「別用跑的，會撞到其他鬼！」

宋燾公搖著手大喊，目送胡媚兒消失在轉角處，這才回頭道：「人走囉，你不用忍了。」

蒲松雅緊繃的臉一下子鬆開，他抬起手按住牆壁，搖搖晃晃的坐上休息處的藤椅，低下頭大口大口的吸氣。

宋燾公走向藤椅旁的飲水機，倒一杯水遞向蒲松雅問：「需要我找個地方，讓你躺下來休息嗎？」

「不用。」蒲松雅接下水杯，握著清涼的杯子低聲道：「我覺得烏金華沒有說謊。」

「哪部分？」

「全部。」蒲松雅將水杯換到左手，以右手壓著眉心道：「她提供的情報是真實的，她想轉汙點證人爭取好一點的待遇也是真的。最後，她對我的宣告也毫無虛假。」

「你確定？」宋燾公的眼睛稍稍睜大。

「確定，但是……」蒲松雅握杯的手縮緊半分，「雖然都是實話，但是認真的程度有所不同，毫不認真的是情報提供，證據是烏金華在筆錄中的口吻相當輕佻；稍微認真的是改善待遇，根據是她乞求的態度；最認真的是對我和阿芳的預言，這是她唯一失去理智的地方。」

「用情緒強度來判斷嗎？難怪你會使用激將法。」

「我只是覺得她的言語沒有溫度，雖然都是實話，但缺乏情感。」

「我也這麼覺得。」宋焘公點點頭道：「但是我不認為烏金華的詛咒也是真話，那只是情緒發言。不管是人間還是陰間，不認罪的人渣都愛詛咒執法者與受害者。」

「……」

「你不同意我的看法？」宋焘公挑起眉角問。

「不算不同意，只是……我有不同的推測。」蒲松雅喝一口水，稍稍掐皺手中的空水杯道：「假設烏金華沒有說謊，那麼接下來的問題就是，她為什麼要說實話？」

「爭取緩刑、增加我們的工作量、讓你心裡不舒服？」

「有可能，不過我覺得沒那麼簡單。」蒲松雅板著臉道：「我想烏金華之所以誠實，爭取緩刑固然是理由之一，但這只是次要的原因。她真正的目的是轉移我們的目光，讓我們忽略更重大的危機。」

「什麼危機？」

「不知道，但肯定是會讓我痛不欲生的事。」

蒲松雅閉上雙眼，在腦中回放烏金華的聲音，分析著對方藏在話語中的心思：「她很有把握事情會發生，所以這個危機不是現在進行式，是早就完成或開始的事，只是我們還沒察覺到。而她還不打算讓我們發現此事，因此假裝自己只是氣瘋了。」

宋燾公面色凝重的問：「烏金華說你的願望不會成真，人還會下地獄。那麼此時此刻，你的願望和地獄各是什麼？」

「我的願望是找回阿芳，地獄是再次失去他……」蒲松雅將頭埋入雙掌中，抖著肩膀低語：「我有預感，地獄離我不遠了……」

宋燾公沉默不語，他捻熄手中的香菸，重拍蒲松雅的肩膀道：「廢話，你人在城隍府，離地獄當然近得很。」

蒲松雅整個人往前傾，放下手惱火的道：「我不是在開玩笑！」

「而我是。」宋燾公勾勾手道：「跟我來，我帶你去一個完全不有趣的地方。」

「你是在說反話嗎？」

「真話。動作快點，時間拖太久的話，會讓小娟起疑。」

「起疑？」

蒲松雅剛發問，就被宋燾公揪住臂膀拉起來。

宋燾公抓著蒲松雅往回走，兩人再次踏進羈押區，他來到右側角落的石雕虎爺前，將手放進半開的虎口中。虎口吸入宋燾公的靈力，微微震動後鬆開，放置石雕的地板也一同下沉，露出藏在底下的黑色階梯。

宋燾公抽出手走下階梯，蒲松雅在猶豫一會後，也跟著踏上黑階。

兩人走在狹窄的樓梯上，中途經過了四個石雕虎爺，宋燾公一一用手打開虎爺，在近五分鐘的步行後，來到一處光線不足、飄散濃濃白霧的圓形空地。

蒲松雅在空地中隱約瞧見數個成年人大小的柱狀體，他瞇起眼想看清楚物體，無奈環繞左右的迷霧太厚，他的視力再好都看不透。

「站穩了。」

宋燾公打一個響指，一股強風頓時從左右颳出。

蒲松雅本能的舉起手擋風，當他放下手時，空地已經由暗轉明，妨礙視線的白霧消散殆盡，柱狀體由模糊轉為清晰。

柱狀體是刻有咒文的琉璃柱，柱子的上下兩端繞著血色鐵鍊，鍊子上貼滿紫色符咒；透明的柱身中能瞧見晃動的物體，這些物體有些勉強看得出人形，但大多數不是扭曲如變形蟲，就是碎裂到看不出原樣。

儘管樣貌如此慘不忍睹，這些物體卻仍保有活動能力，碎片、觸手、滿是坑洞的手足不時顫動兩下，只是這些動作與其說是表示「我還活著」，不如說是做垂死掙扎。

蒲松雅猛然反胃，掩著嘴巴後退半步，正想問宋燾公柱子裡是什麼鬼東西時，城隍爺主動開口了。

「歡迎來到重刑犯羈押區。」

宋燾公前進數步，停在一根飄浮著打結樹枝團的琉璃柱前，敲敲柱子道：「這裡面是寶樹姥妖。」

蒲松雅雙眼瞪大，看著柱內表皮剝落的枝枒道：「寶樹姥妖不是被阿芳吃掉了嗎？」

「她的力量是被你弟吞了，但是魂魄被吐出來了。」宋燾公仰頭注視脆弱的樹枝道：「而且還是以極其粗暴的方式吐出，三魂七魄全被撕得亂七八糟。」

蒲松雅雙眉緊皺，曾經需要數人環抱的神木，現在卻凋零成一捏就碎的細樹枝，反差之大讓他錯愕，凝視樹枝許久才問：「她還活著嗎？」

「你對『活著』的定義是什麼？」

宋燾公輕踢琉璃柱問：「大小腦還能運作？呼吸心跳尚未停止？失蹤未滿七年？假如你說的是人類定義的『活著』，那麼寶樹姥妖已經死透了；但如果是指還能感受到外界的刺激、擁有自我意識，那麼寶樹姥妖是還活著。」

「她會一直這樣下去嗎？」

「不會，她下週就會被移轉到十八層地獄，然後展開五千年的服刑，在拔舌、鐵樹、孽鏡、蒸籠、刀山、冰山、油鍋、血池、磔刑、刀鋸等十個地獄各待五百年。」

「她這個樣子，要怎麼拔舌？」蒲松雅指著乾枯的樹枝問。

「不用擔心，我們會幫她做很多條舌頭。」宋燾公手插口袋，看著在柱中打顫的寶樹姥妖道：「與其變成這個樣子，倒不如直接魂飛魄散輕鬆，不過這個老妖怪太怕死，就算意識碎得跟拼圖一樣，還是一心想著『我不要死、我不要死、我不要死。』」

「太愚蠢了。」蒲松雅低語。

他見到寶樹姥妖支離破碎的樣子，沒有感到愉快，反而湧起濃濃的苦澀。他轉向宋熹公問：「為什麼帶我來這裡？」

「我有義務告訴受害者家屬，法院對加害者的判決。」宋熹公偏頭望著蒲松雅道：「帶你來看寶樹姥妖的事可別說出去，要不然荷二郎那隻老狐狸會衝到我的辦公室大吼大叫。」

「我不會說出去。」

「那就好，違背諾言的話，會被我丟進拔舌地獄。」

宋熹公裝出凶惡的樣子，收在西裝褲口袋的手機這時突然響起，他掏出手機按下通話鍵道：「呦老范啊，有什麼事……啊！那傢伙不是去修靈脈嗎？怎麼……好啦好啦我知道，你先擱……我X你娘老X掰！」

蒲松雅嚇了一跳，他看著城隍爺怒氣沖沖的結束通話，來不及轉開頭就和對方對上視線。

「是荷二郎。」宋熹公將手機放回口袋，拿出香菸彈指點燃道：「那個老傢伙把三天才能忙完的靈脈修復工作，硬是壓縮到一天半，趕到城隍廟接你回去。」

「老闆來了？」

「是啊，真是隻不要命的狐狸。」宋熹公低聲暗罵，眼角餘光瞧見蒲松雅一臉欲言又止的樣子，皺皺眉主動問：「怎麼了？」

「沒事。」蒲松雅回答，但是眼中依舊掛著疑惑。

宋焘公眨眨眼，想起自己剛剛飆出的七字經，恍然大悟問：「被我的髒話嚇到？你又不是第一次聽到我罵人。」

「不是，我只是覺得……」

「覺得我這種人能當城隍很奇怪？」宋焘公笑了笑，聳聳肩膀道：「我也是，不過要抱怨請去找當初拉我來考試的主考官，一切都是他的錯，是他挑錯人、出錯題、改錯考卷。」

「不，我真的……」

「這也不算什麼機密事項，告訴你也無妨。」

宋焘公手夾香菸，讓菸絲繞上琉璃柱道：「城隍爺是用招考的呦！我二十四歲那年，做夢夢到有人帶著考試通知來警察宿舍，硬把我拉上車子，載到一個很像古代衙門的地方，還找一男一女上來要我判案。男的是富商，這個富商不喜歡小孩，但他為了讓自己在社會上有好名聲，所以出錢資助孤兒院；女的是護理學校的新生，她在下課返家途中經過車禍現場，停下來想救重傷的機車騎士，但是因為緊張與技巧不純熟，還是讓騎士歸天了。」

「……」

「以人間的法律和道德，富商會獲得喝采，女學生則會成為死者家屬的提告對象。」

宋燾公吸一口菸道：「但是以我的標準，該得到讚美的是女學生，富商有捐款抵稅額就夠了。我把我的判決告訴拉我來的人，對方聽完後說：『恭喜你，你就是下任的臺北府城隍，明天下午會有人來接你上任。』我這才發現自己不是在做夢，而且還只剩不到四十八小時的人生。」

「我當場拒絕，開什麼玩笑！我老爸剛從安寧病房轉進太平間，老媽因為照顧老爸搞壞身體，小正雖然是天才，但他當時才十五歲，還被學校同學欺負到拒絕上學，我要是下地獄了，誰來養我家？城隍府嗎？」

宋燾公掐著香菸，回想著那讓自己又怒又怕的過往：「我幾乎把衙門整個掀了，拉我來的人看我氣成這樣，趕緊改口說我不用立刻上任，等九年後我母親壽終正寢，處理好陽間的事務後，再赴城隍府就任。」

蒲松雅張口再閉口，反覆數次才下定決心道：「我之所以盯著你看，不是覺得你不適合當城隍，是覺得你雖然和老闆一見面就吵架，但其實骨子裡兩個人的感情挺好的，沒有表面上看起來那麼惡劣。」

宋燾公僵住，他失手讓香菸落地，呆滯了足足十秒鐘才回神道：「我們的關係當然很惡劣，惡劣到極點的惡劣。」

「關係惡劣的人不會在乎對方的感受吧？」

「你哪隻眼睛看見我在乎那隻老奸狐了？」

「左眼和右眼。」

蒲松雅吐出胡媚兒說過的話，立刻接收到城隍爺凶暴的注目，他承受著對方的殺人目光解釋：「如果你完全不在乎老闆，那麼就沒必要瞞著他，偷偷帶我下來看寶樹姥妖。」

「那只是要讓我自己耳根清靜！」

「如果只想圖清靜，你大可直接禁止他進城隍府。」

蒲松雅瞧見宋燾公的手指顫動一下，知道自己說中了，「但是你不會，這表示你不討厭見到他，只是不想惹他生氣，所以才支開容易被套話的胡媚兒，並且交代我保密。」

「……」

「除了上面的事外，你們在蘭若寺對抗寶樹姥妖時，兩人的默契好得可怕；然後當我用緩降梯逃跑被抓時，照理來說應該由老闆斥責我，但是你卻搶下罵人的工作，庇護罵不出口的老闆。」

蒲松雅低下頭，盯著地板略帶尷尬的道：「我本來是沒發現這些，直到剛剛聽見你喊老闆『不要命的狐狸』，覺得你的口氣出乎意料的溫柔，才將一切串起來。」

宋燾公瞪著蒲松雅，眼中的火氣緩緩熄滅，取而代之的是頭痛。他搖搖頭，踩熄地上的香菸道：「你們兩兄弟……真是一刻都不能鬆懈啊！」

「抱歉，我不是故意的。」

「當然，你只是靈光一閃罷了。」

宋燾公再次拿出菸盒，叼著沒點燃的菸轉身朝階梯口走道：「我們在下面待太久了，再不上去，老狐狸和小狐狸會把城隍府炸了。」

「不至於到『炸』的地步吧？」蒲松雅追上宋燾公。

「難說呢，小媚是個急性子，二郎那混蛋也沒好到哪去。」

宋燾公右手碰觸虎爺雕像，左手點燃香菸，偏頭朝蒲松雅望去，「剛剛的話敢向第三人提起，我就扒了你的皮。」

「我絕對不會說。」蒲松雅的額頭浮現冷汗。

「很好。」

宋燾公踏上石階梯，不過他才走了幾步就停下來，回頭輕聲道：「如果想知道我和那隻老狐狸的孽緣，就儘快把你弟抓回來吧，這樣我也許會不小心在慶功宴上說溜嘴。」

——我並不想探聽你們的隱私。

蒲松雅本想這麼說，然而宋燾公的背影堵住了他的嘴巴，讓他什麼也沒說。

「該上去忙正事了。」

宋燾公繼續往上走，蒲松雅跟在他身後，心思從腳下的寶樹姥妖轉向不知其蹤的弟弟。

如果不能在時限前將人找回處理，那麼蒲松芳就會魔人化，引來天庭的追殺。蒲松雅不認為弟弟會不清楚這點，至少那名隨蒲松芳一起消失的女鬼應該清楚事情的嚴重性，那為什麼還要躲避自己與城隍府？

——阿芳，你現在在哪裡？打算做什麼？

蒲松雅緊握右手，感覺自己面前累積的問題就像眼前漆黑筆直的階梯般，看不到盡頭。

▼※▲▼※▲▼※▲▼※▲

假如要選三個詞來描述王知質，那麼和他只有粗略接觸的人，會說成績好、英俊、落落大方；與他有較密切來往的人，則會說聰明、機靈、出手闊氣；但是真正了解他的人，挑的詞語是奸巧、掌控欲、我行我素。

王知質繼承了開地下錢莊的父親的腦袋與個性、模特兒母親的外貌，利用這兩者操控同學、師長和朋友，如同高高在上的帝王般，對周圍人恣意下令。

然而，王知質的王國在上週驟然崩解，他的父親一反過去溺愛的態度，先是要求他晚上十一點前要回家，接著派出保鑣貼身監視，最後甚至要求王知質除了學校與補習班外，不得隨意外出。

王知質對此非常生氣，可是不管他怎麼叫囂、砸毀家中物品、向爺爺奶奶與母親抱怨，父親都沒有收回決定，只是一次次重複「現在是非常時期」、「乖乖聽爸爸的話」、「風頭過後會好好補償你」。

王知質才不管什麼「非常時期」，他從小弟口中聽說好幾名和父親有來往的警官、堂主和同業的兒女遭到不明人士襲擊，但這又不是新鮮事，不過是搶地盤、爭生意時常見的手段，根本不用特別緊張。

可惜，王知質無法說服父親不緊張，所以今天他依舊在保鑣的包圍中，抱著一肚子怒火走出校門口。

「少爺，您辛苦了！」

擔任司機的保鑣向王知質鞠躬，恭敬的打開轎車後座的車門，待同僚與老闆之子上車後，回到駕駛座上踩下油門。

王知質坐在兩名保鑣之間，他瞪著車窗外迅速後退的街道，瞧見自己酷愛的夜店、熟識的餐廳、有著漂亮女店員的服裝店、剛更新設備的電影院……這些常造訪的店家一間一間出現又消失，讓王知質的心情變得更惡劣。

保鑣從王知質的沉默與表情中，察覺到小主子的火氣直線上升，其中一人趕緊擠出笑容問：「少爺，回去之前，要不要去咖啡廳買杯飲料？」

「或是繞到披薩店，外帶披薩與炸雞當晚餐？」另一名保鑣跟進提議。

王知質瞪著兩名保鑣，剛想大罵兩人把自己當孩子哄，車子就猛然停下，讓他一頭撞上前座。這一撞讓王知質累積數日的不滿大爆發，他扶著額頭怒吼：「你會不會開車啊！萬一讓我受傷了，看我怎麼料理你！」

駕駛座上的保鑣縮起脖子，困窘慌張的道：「少、少爺對不起，我也不知道剛剛是怎麼了……」

「怎麼會不知道！握方向盤的人不是你嗎？你的手和腦袋難不成是裝飾品？要不要我替你換一個？」

「不、不……」

保鑣的話還沒說完，轎車便驟然往前衝，九十度轉彎偏離大道。

坐在副駕駛座的保鑣見狀，一面怒罵同伴在幹什麼，一面伸手去抓方向盤；駕駛座上的保鑣邊說「不是我！」，邊死命踩煞車；後座的兩名保鑣則是掏出手槍，緊繃著臉戒備周圍。

轎車暴衝、逆行、擦撞三臺汽機車後停在一條死巷子內，讓被甩得人仰馬翻、上下左右分不清的乘客得以喘一口氣。不過他們也只有喘「一口氣」，震動與金屬扭曲的聲音很快就撲上轎車，將所有人的目光引向車頭。

他們瞧見一雙纖細的長腿，腿下的高跟鞋踩凹了引擎蓋，再一腳踢碎擋風玻璃！

保鑣們在玻璃碎裂時回神，前座的兩人舉槍射擊，後座的則緊急打開車門將王知質拉下來，護著小主子朝巷子另一頭狂奔。

巷子的出口距離保鑣與王知質只有不到二十公尺，然而三人跑了將近五分鐘，巷子口仍在二十公尺外，但冒煙的轎車卻距離他們有數百公尺遠了。

嬌生慣養的王知質受不了這種無止境的奔跑，他的雙腿很快就到達極限，一個不小心就亂了步伐與平衡，整個人往前跌。保鑣們及時拉住小主子的手臂，三人的腳步也同時停下。

王知質彎腰壓著快爆開的心臟，聽見保鑣們大吼著「沒有訊號」、「快找人過來」之類的話。

「需要幫忙嗎？」

第三者的聲音忽然插入，王知質和保鑣僵住，再一同轉頭往聲音源看，瞧見一名白髮青年站在巷口，俊秀偏白的臉掛著笑容，身上的立領黑披風在夕色下染著金光。

角色扮演？王知質和保鑣們心中冒出同樣的話，盯著怎麼看怎麼可疑的青年，開始懷疑自己是不是做夢。

白髮青年走向三人道：「如果不需要幫忙的話，我就要來忙自己的事囉。」

此舉讓保鑣由呆愣轉為警戒，一個拔槍、一個抽刀，將槍口與刀尖對準青年大吼——

「停下來！」

「再過來就宰了你！」

白髮青年停止前進的腳步，看著緊張到快抽筋的保鑣，拉長脖子呼喊：「小倩，這兩個也拜託了。」

「遵命。」

平板的話聲輕敲保鑣們的後頸，他們還來不及做出任何回應，脖子就被冰冷的手指掐住，在窒息感中失去意識，碰一聲倒在柏油路上。

王知質眼睜睜看著兩名保鑣倒地，他轉身看著施暴者——一名身穿曝露皮衣的長髮女子，他認出對方腳上的高跟鞋和踩凹引擎蓋的鞋子是同一雙。

顫慄爬上王知質的背脊，他連續後退再一屁股坐到地上，抖著肩膀仰望女子。

「你就是王知質吧？」白髮青年在王知質背後問，他背著手一蹦一跳的走到對方面前，蹲下來笑咪咪的問：「爸爸是王堅生，職業是開當鋪，興趣是放高利貸；媽媽是愁媞，一個沒名氣的模特兒。我有說錯嗎？」

王知質僵硬的搖頭，瞪著青年好一會才出聲道：「你、你要錢的話去找我爸，要多少我爸都會給！」

「你有個好爸爸呢。」白髮青年點點頭，驟然逼近王知質，靠在對方的耳邊呢喃：「但是我要的不是你的錢，是你的氣。」

王知質瞪大雙眼，本能的想推開青年，可惜對方先一步張口咬住他的脖子，劇痛與暈眩瞬間湧現，將他的意識沖向黑暗中。

白髮青年——蒲松芳緊扣王知質的肩膀，感受對方由掙扎、顫抖，最後一動也不動的靠在自己身上，他鬆口放開人，站起來抹嘴巴。

聶小倩遞上手帕，在蒲松芳擦口水時問：「松芳少爺，其餘人等該如何處置？」

「放置play。」

蒲松芳交還手帕，踢踢被聶小倩掐昏的保鑣道：「我需要他們回去告訴王堅生，是誰下手襲擊他與他的朋友之子。」

「這些人不認得您。」

「他們會記住我的臉，然後透過臉查到我是……」

蒲松芳的話聲轉弱，他盯著大漢憂心忡忡的問：「糟糕，這兩個人看起來就很笨的樣子，他們會不會記錯特徵，跑去找阿雅麻煩？」

「極有可能。」

「那可不行！得讓這些人清楚知道，是什麼人在制裁他們！」蒲松芳邊說邊蹲下來，伸手翻找兩名保鑣的口袋與褲袋，摸出兩隻手機道：「小倩過來，擺出妳最嚇人的姿勢，我們來自拍！」

聶小倩靠近蒲松芳，她的雙眼注視著手機鏡頭，因此忽略了背後轎車內的動靜。

副駕駛座上的保鑣悠悠轉醒，他透過照後鏡瞧見蒲松芳與昏迷的王知質，倒抽一口氣轉向車尾，咬牙舉起手槍瞄準蒲松芳，連續扣下兩次扳機。

第一發子彈打破車窗，第二發子彈穿越碎玻璃，直接命中蒲松芳的背脊！

聶小倩目睹蒲松芳前傾身子，帶著驚訝的表情摔上柏油路，她的思緒淨空一秒，接著燃起滔天怒燄，甩手射出散著血點的綾布。綾布直接命中保鑣的眉心，將頭顱切成兩半後越過擋風玻璃的殘骸，捅進民宅的水泥牆中。

聶小倩抽回血點白綾，轉身將蒲松芳翻過來呼喊：「松芳少爺？松芳少爺！」

蒲松芳的眉毛動了動，緩慢的撐開眼皮，望著陷入驚慌的女鬼，愣了一會露出微笑，「有表情的小倩……超級稀奇。」

「您沒事吧？」聶小倩緊繃著臉問。

「背上……痲痲痛痛的。」

蒲松芳扭扭腰桿，坐起來將手伸到背後，摸索一陣後拔出變形的子彈道：「還好出門前有穿防彈背心，要不然就被一槍穿心了。」

「不要說不吉利的話！」

「好好好，不說就不說。」

蒲松芳將子彈丟向水溝蓋，指指左右的保鑣和王知質道：「小倩，我看膩這些人的臉了，把他們統統扔回轎車裡，然後我們手牽手去吃晚餐吧。」

「遵命。」

聶小倩抖動左右手，控制綾布捲起地上三人，一個一個塞進半毀的轎車中。

蒲松芳盤腿看聶小倩動作，他忽然靈光一閃，爬起來輕拍女鬼的肩膀問：「小倩，妳有帶行程牌嗎？」

「有。」聶小倩點頭，從口袋中取出牌盒。

蒲松芳一把取走牌盒，挑開盒蓋抽出最上方的紙牌，將牌面轉向聶小倩問：「我抽到哪張？」

「戀人。」聶小倩說出牌名，拿出小冊子翻到標記「戀人」的那頁道：「陽鳶玉，臺北地檢署主任檢察官陽谷令的獨生女，二十一歲，華凡大學美術系國畫組學生。」

「總算抽到女孩子了！」蒲松芳高舉雙手歡呼，他親吻塔羅牌的牌面道：「戀人、獨生女、美術系、國畫組……小倩，妳知道哪裡有燈光美、氣氛佳、氣質好，適合像妳這種古典美人的浪漫餐廳？」

「不知道。」

「我想也是。」

蒲松芳垂下手，原地踱步了一會，忽然抬頭拍手道：「有了，那家店很適合！就把人約到那裡，我想帶女孩子去那間店很久了！」

聶小倩腦袋轉了兩圈才搞動蒲松芳想做什麼，雙眉靠攏一公釐道：「松芳少爺，陽鳶玉是獵物，不是約會對象。」

「我知道、我知道！反正都要狩獵，快快樂樂的獵不是比較有趣嗎？」

蒲松芳撕毀「戀人」牌，隨手一灑，讓破碎的紙牌落到王知質的臉上，轉身哼著歌朝巷子口走去。

聶小倩跟著往前走，她的目光釘在蒲松芳的背脊上，在晃動的立領披風中央看到燒焦的彈孔，而彈孔之下並沒有防彈背心的影子。

聶小倩下垂的手指顫動一下，嘴唇微微張開，終究什麼話也沒說。

第二章

尋尋覓覓不如巧遇

蒲松雅在從城隍廟歸來後，忍痛將照顧寵物的工作交給阿菊和虎斑，每天太陽剛升起就出門，直到夜半時分才返回荷洞院。

蒲松雅早出晚歸的目的是尋找弟弟，為此他踏遍了過去曾和弟弟一起居住、遊戲、求學和探險的場所。他沒有具體的搜尋線索或方向，只能憑藉直覺、對弟弟的了解和雙胞胎的心電感應——如果真有這種東西的話——在大街小巷中漫無目的的遊走。

這是相當沒效率的搜索方式，但是蒲松雅沒有其他辦法，他沒有時間制訂計畫，而且就算計畫了，恐怕也沒有多大的效益，畢竟蒲松芳幾乎是突發、意外、隨興三個詞的具現化。

在經過三日的一人搜查後，蒲松雅除了日漸加深的黑眼圈、貼上不少痠痛貼布的腿外，一無所獲，但是天庭設下的時限卻越來越近。無奈之下，他只得求助身邊另外一個「突發、意外、隨興」的代表人物。

「碰運氣的事就交給我吧！」胡媚兒騎在凱蒂貓機車上，於十字路口等紅綠燈時自信滿滿道：「我的運氣最好了，去賭場丟骰子、玩轉盤、拉拉霸從沒賠過錢，商店抽獎、統一發票和刮刮樂的中獎率超過四成！」

「妳下暗棋時，翻棋運也好得可怕。」蒲松雅補充，話聲因為疲倦與分心，不見平時的銳氣。

「那個不是運氣，是棋藝。」胡媚兒嘟嘴反駁，同時催動油門通過路口。

當蒲松雅問胡媚兒願不願意陪自己一起找人時，狐仙的反應活像是看見牽繩的大狗，連續點頭高聲說「我願意」，聲音之大把阿菊、虎斑、荷二郎統統引過來，以為蒲松雅是在求婚。蒲松雅費了一番工夫才澄清誤會，拉著胡媚兒急急忙忙的出門。

拜匆忙之賜，蒲松雅沒空思考要從哪裡開始尋人，以至於當胡媚兒問起第一站要去何處時，他整個人傻住了。

「松雅先生？」胡媚兒歪頭問。

「看妳的意思，想去哪找就去哪。」

蒲松雅如此回答，坐上發動的機車，讓胡媚兒把自己載出大樓。

他在機車上掃視周圍的行人、騎士與汽車駕駛，偶爾會瞧見一兩名背影神似蒲松芳的人，但當這些人一轉身，期待就立刻轉為失望。

反覆的失望消磨了蒲松雅所剩不多的精力，他的注意力不知不覺開始渙散，最後在接近某個十字路口時惡化成恍神狀態。

「……啊，糟糕，黃燈了！」

胡媚兒的驚呼聲將蒲松雅拉回現實，他還沒聽懂狐仙在喊什麼，機車加速的慣性力就將身體往後拉，他倒抽一口氣本能的伸手找東西抓。

「安全過關！」胡媚兒開心的歡呼，但她忽然覺得身體有點沉，低頭一看，才發現蒲松雅的手臂緊緊圈住自己，臉頰立刻染上紅暈道：「松松松雅先生，你終於願意……」

「靠邊。」

「什麼？」

「靠邊停車！」蒲松雅發出高音量的低吼。

胡媚兒縮了一下肩膀，趕緊將機車騎向右側停在人行道邊，熄火回頭道：「我停下……欸！」

胡媚兒的話聲突然中斷，因為原本環在她腰上的手，正緩緩往上提。

人類的袖口掠過狐仙的腹部、胸部與雙肩，碰觸十分輕微，但帶給當事人的衝擊卻非常巨大。

胡媚兒渾身僵直，胸口有千萬隻狐狸在狂奔。

這是傳說中的調情嗎？她應該怎麼做？在大馬路上這麼大膽真是……啊啊好害羞啊！松雅先生不可以，交通警察都在看！

蒲松雅在狐仙的內心喧鬧中，將手貼上胡媚兒紅通通的臉，掐住對方的肉一口氣往左右扯，怒吼道：「黃燈是叫妳踩剎車不是催油門，妳考駕照時沒有唸過交通規則之類的嗎！」

「噗嚕、噗嚕噗嚕——」

「每年臺灣有多少駕駛因為搶黃燈，被對向來車撞成肉泥妳知道嗎？」

「我不、我有小……」

「最好是有小心！區區小綿羊機車不要爭快搶道，爭成功頂多早五分鐘回家，失敗就要等頭七才能到家了懂不懂啊！」

「不是綿……兩百、百五十……」

「不准頂嘴！」

蒲松雅掐了胡媚兒整整兩分鐘，才鬆手離開機車座，看著胡媚兒重新發動引擎。

其實，被抱腰動作嚇到的人不只有胡媚兒，蒲松雅自己也是。他在解除慣性力危機後，馬上發現自己幹了什麼事，整張臉由白轉紅，想收回手又擔心這麼做太明顯，所以才要求對方停車。

只是蒲松雅的人雖然下車了，雙臂卻還微微發燙，肌肉上仍殘留著狐仙的腰部線條，鼻腔內也飄著淡淡的花香，觸感和溫度包圍著腦袋，擾亂著原本就不甚平靜的思緒。

他轉開頭看商店櫥窗，對著玻璃上的自身映像低語：鎮定點！你又不是第一次抱那隻笨狐狸，沒必要因為這樣心神不寧，快點把腦中的雜念趕出去，把心思放在正事上！

「松雅先生。」

胡媚兒的聲音驟然響起，蒲松雅肩膀一震，回過頭發現胡媚兒拋下未發動的機車，面色凝重的站在自己面前。

「我要告訴你一個不是很好，但是也沒有說很壞的消息，請你千萬冷靜。」

胡媚兒深吸一口氣，雙手合十鞠躬道：「對不起，油用完了！」

蒲松雅瞪大雙眼，指著車頭上的油錶問：「不是還有三格嗎？」

「雖然還有三格，但其實油箱已經空了。」胡媚兒拍拍自己的頭笑道：「我這輛車的油錶故障了，錶針卡在三格。我之前有打算找時間送修，但最近事情太多，所以就忘記了。」

「……」

「沒關係，這附近找一找，一定會有加油站。」

胡媚兒左看看右看看，轉向蒲松雅問：「松雅先生，你知道我們在哪裡嗎？」

「……妳問我，我問誰？」蒲松雅反問。

當運氣好的人和運氣差的人同行時，兩人的幸運值會被加起來除以三，這件事他會牢牢記在心中。

▼※▲▼※▲▼※▲▼※▲

蒲松雅和胡媚兒憑藉著手機和無線網路，順利找到自己所處的街道，然而也悲傷的發現，最近的加油站離他們有將近四公里。

蒲松雅垮下肩膀，考慮要不要攔計程車去買汽油回來，但是胡媚兒阻止了。

「四公里算什麼！我之前還曾經推著汽車走四十公里呢！」胡媚兒挺起胸膛，拍拍機車後座道：「兩個人邊走邊聊，四公里一下子就走完啦，如果中途松雅先生走累了，可以坐著讓我推，我對自己的體力很有自信！」

「妳不介意推車就好，但推我就免了。」蒲松雅回答，動手幫胡媚兒將機車拉上騎樓。

兩人一機並肩走在騎樓陰影中，胡媚兒用誇張的表情講述最近看的外星王子韓劇；蒲松雅一臉無趣的聽劇情，偶爾出聲吐嘈幾句。

太陽在兩人行走時走到天空正中央，中午的用餐人潮也跟著出現，身掛工作證的上班族步出辦公大樓，雀躍或沉重的對話聲在空氣中交錯，讓冷清的騎樓一下子熱鬧起來。

不過這也讓蒲松雅和胡媚兒由並肩而行，改成人類在前面帶路，狐仙與機車跟在後方。

「接下來……過馬路後右轉嗎？」蒲松雅看著手機螢幕低語，他回過頭正要告訴胡媚兒怎麼走，這才發現狐仙停在五公尺外，一動也不動的趴在機車上。

蒲松雅愣住，直覺認為胡媚兒舊傷復發，跑回去一手扶機車、一手輕拍狐仙問：「胡媚兒！喂，胡媚兒妳怎麼了？」

「我、我……」胡媚兒抬起頭，淚眼汪汪的注視蒲松雅道：「肚子……肚子咕嚕咕嚕好餓啊……」

「欸？」

「我早上沒吃早餐就出門了，現在肚子空蕩蕩的好痛苦呀。」胡媚兒仰頭長嘯，再軟倒在機車儀表板上，垂著雙手像跳針的唱片一樣，反覆唸著肚子好餓、肚子好餓、肚子好餓。

拜胡媚兒的吼叫之賜，周圍的行人全都轉向兩人，他們交頭接耳著，其中還有人掏出手機疑似要報警。蒲松雅沒漏看這些人的動作，緊急把胡媚兒拉起來扶上座椅，推著凱蒂貓機車逃離現場。

在逃跑途中，胡媚兒口中的碎唸從由形容詞轉為名詞，而且聲音還逐漸加大。

「蝦仁炒飯、廣式炒麵、溫州大餛飩、咖哩雞肉串、奶油烤餅、拉茶、肉醬千層麵、十盎司牛排、可樂喝到飽……那個胖子看起來好好吃，可以烤來吃嗎？」

「不行！我已經在找餐廳了，妳忍耐一下，別幹出會被警察抓的事！」

蒲松雅緊繃著臉環顧周圍，看見一整排的銀行、商辦大樓與婚紗店，但就是不見半間餐館或便利商店。

——快找快找快找！

蒲松雅催促自己的眼睛和雙腿，眼角餘光偶然掃過對向車道，在兩棟二十層樓的大樓中間，瞧見一間僅有兩層樓高的斜頂中式樓房。樓房的正面懸掛著毛筆字寫成的招牌「廣源茶樓」，這四個字勾動蒲松雅的記憶，將他一口氣拉回十年前。

——阿雅，你覺得那家店怎麼樣？

——什麼怎麼樣？

——是不是很適合帶女朋……

「喀咖喀！」

詭異的聲響把蒲松雅驚醒，他低頭發現胡媚兒在啃機車後照鏡，趕緊推著機車穿越馬路。

他將機車留在店門前，抱起軟癱無力的狐仙一腳踢開木門。

茶樓內的女店員被踢聲驚動，一轉頭就瞧見一名男子抱著半昏迷的女性闖進店內，嚇了一大跳混亂的問：「客、客人，你們是……」

「兩個人，沒訂位。」

蒲松雅左右轉頭，他瞄到在店面右側有一個沒坐人的雙人座，立刻走過去把胡媚兒放到木雕椅子上。

女店員跟在後方，她注意到胡媚兒蒼白的臉色、屍體般的坐姿，皺眉擔憂的問：「要替這位小姐叫救護車嗎？」

「不用，她只是血糖過低，吃點東西就會恢復。」蒲松雅坐到胡媚兒對面，打開桌邊的菜單閱讀道：「請給我兩壺普洱茶，然後……有什麼現成、馬上能上桌的菜餚嗎？」

「涼拌黃瓜、花椰菜梗、滷牛腱子、涼筍之類的小菜可以嗎？」

「可以，給我一盤……不，各五盤，麻煩妳了。」

「好的，請稍等一會。」

女店員點點頭，快步奔向店面另一端的小菜櫃，兩三分鐘後便帶著兩壺茶以及滿滿一托盤的涼拌菜返回。

蒲松雅懸在半空中的心稍稍降下，望著桌子另一端無力癱坐的胡媚兒，考慮起是不是要動手撬開狐仙的嘴巴灌食。

在蒲松雅做出決定前，胡媚兒先聞到誘人的食物香，她停機的身軀瞬間啟動，從椅子上彈起來撲向小菜。她右手握筷子，左手端盤子，三兩下將盤中的黃瓜條掃進嘴中，再伸手拿起一旁的滷牛肉，將肉片送去與黃瓜作伴，展現驚人的口腔容量與咀嚼能力。

二十盤小菜一盤一盤滾進胡媚兒的胃袋中，當她嚥下最後一口涼筍、放下空蕩蕩的盤子時，才發現蒲松雅坐在自己面前，單手翻閱餐廳提供的雜誌。胡媚兒看看面無表情的人類，再望望被自己吃到連湯汁都不剩的小盤子，放鬆的身軀倏然繃緊，緊張的注視對桌人。

蒲松雅聽見對面稀里呼嚕的進食聲停了，抬起頭望了狐仙一眼，將菜單扔過去道：「給妳，選好後按桌上的服務鈴點菜。」

胡媚兒接住菜單，見對方沒有進一步動作，怯生生的開口問：「那個，松雅先生……」

「我要廣東粥和清炒豆苗。」蒲松雅盯著雜誌道。

「不不，我不是問這個。」胡媚兒搖頭。

「問機車的話，我放在外面了，車子有上鎖，妳不用擔心。」

「我也不是在問機車……」

「那是在問什麼？」蒲松雅挑起單眉，合起雜誌不耐煩的問：「吃不夠？不合胃口？討厭港式飲茶？」

「都不是。」

胡媚兒停頓片刻，前傾身子鼓起勇氣問：「松雅先生，你不罵我嗎？」

「為什麼要罵妳？」

「因為我做了一堆讓松雅先生丟臉的事啊。」胡媚兒指著店門口道：「我先是在路上大吼大叫，再一個人吃掉二十盤小菜，做了這麼多會引起別人注意的事，你都不火大嗎？」

「我火大什……」

蒲松雅的聲音轉弱。胡媚兒說得沒錯，以自己討厭麻煩和引人注目的性格，被路人以「媽媽那個叔叔好奇怪」的目光盯了一整條街，怎麼可能不發飆？

但是他卻真的沒發飆，進餐廳前沒有，進餐廳後當然也是，如果胡媚兒是狐狸狀態就算了，可對方現在明明是人類啊！

「松雅先生，你該不會是……」胡媚兒雙頰泛紅，轉開頭又驚又喜的道：「因為我是你的女朋友，就對我比較溫柔了吧？太好了！我的春天終於……嗚嗚嗚痛——」

「我只是累到沒力氣發怒而已。」蒲松雅掐著胡媚兒的左臉頰，在狐仙連拍三次扶手認輸後，放開手重新拿起雜誌道：「快點點餐，今天沒吃早餐就出門的人不只有妳。」

「松雅先生好暴力！」

胡媚兒捧著發疼的臉，將悲傷化為「食」力，按鈴找來女店員，把菜單上的點心、飯麵、煲湯、熱炒統統點一輪。

女店員理所當然被嚇到，她偷瞄了蒲松雅一眼，看對方沒有任何反應，只得記下菜名返回櫃檯。

蒲松雅知道女店員在看什麼，對方以為他是替大胃王女友買單的人，但事實上，除了胡媚兒偶爾忘記帶卡、不小心吃太貴外，一直都是她自付餐費。

——如果哪天能帶女朋友來這間店約會，我一定要很闊氣的說，想吃什麼盡量點，我願意為妳刷爆卡！

昔日的記憶再次浮現，蒲松雅握雜誌的手縮了一下，回想說話人過度認真的表情，輕聲吐出自己當時的回應：「白痴，上哪找能把額度吃到爆的女友啊？」

「什麼東西爆了？」胡媚兒問，同時夾起剛上桌的叉燒粉腸。

「信用卡額度。」

蒲松雅放下雜誌，靠上椅背注視由花鳥彩繪、仿古木窗和字畫妝點的店面道：「我高中時，曾和阿芳一起經過這裡，阿芳很中意這間店，說這裡裝潢漂亮、氣氛優雅，如果他交上女朋友，一定要把人帶來店裡約會。」

「約會？」胡媚兒嚥下粉腸，皺皺眉不解的道：「這間店的菜雖然很好吃，但是並不是浪漫、散發粉紅泡泡的店啊。」

「我也這麼覺得，但是阿芳說，這種美麗、美味又能讓人放鬆的店，遠比貼滿愛心、調暗燈光、主打約會的店要能打動女孩子。」

「……聽不懂。」胡媚兒咬著筷子道。

「如果帶心儀的女性去那種戀愛氣氛濃厚的店家，一下子就會被發現自己別有所圖吧？」蒲松雅拿起黑木筷，看著滿桌子的小蒸籠與點心盤道：「女方在發現這點後，好一點是竊喜，糟糕一點是升起戒心，最慘的是直接把男方列為黑名單。與其這樣，不如好吃且裝潢不錯的餐廳，假藉品嘗美食的名義約人。」

「松雅先生的弟弟考慮得好周密。」

「錯了，阿芳只是憑直覺說這間餐廳好，實際上才沒想那麼多。」蒲松雅邊說邊把筷子伸向燒賣，夾起紅綠雙色的小點心，稍稍往前伸道：「而且他之所以看上這間港式飲茶店，是想找人玩『啊，我餵你吃』的遊戲。」

胡媚兒注視停在自己鼻子前的燒賣，伸長脖子張開嘴巴，一口咬住筷子與筷上的食物。

蒲松雅整個人僵住，望著胡媚兒後退吐出筷子，握筷的手一下一下輕抖。

「好吃！」胡媚兒開心的大喊，她夾起蒸籠中另外一個燒賣，做出和蒲松雅相同餵食的動作道：「松雅先生，這個超好吃的，你也吃一個吧！」

「……」

「你不吃的話，我要吃掉囉。」

胡媚兒反手將燒賣送入口中，開心的捧頰搖晃身軀，再舉筷進攻下一個蒸籠。

蒲松雅垂下持筷子的手，不知道自己該笑還是生氣，仰頭嘆一口氣後改握湯匙，一口一口嚥下自己點的廣東粥。

溫熱的粥穩定了蒲松雅的情緒，他的心思轉回這次出門的目的，想起自己應說卻未說出口的謝語。

蒲松雅放下湯匙，望向胡媚兒慎重的道：「謝謝妳願意陪我找阿芳。」

「不客氣！」胡媚兒本能的回答，停頓幾秒才訝異的問：「欸，為什麼要謝我？」

這回換蒲松雅頓住，瞪著狐仙錯愕的反問：「為什麼？因為阿芳不是把妳的師弟打回原形嗎？妳還記得這件事吧？」

「記得啊！但是那個和這個是不同的事。」胡媚兒的臉龐籠罩上陰影，她垂下肩膀低聲道：「再說是小瓶子先不對，就算松雅先生的弟弟沒來，師尊也會降下很重的責罰。」

「就算是胡瓶紫先整我，阿芳也做過頭了，那種程度的惡作劇，嚴正警告再抓他去勞改就好。」蒲松雅發現胡媚兒睜大眼露出驚奇的表情，停下話語不解的問：「怎麼了？妳不覺得阿芳太過分嗎？」

「過分是有一點，但是……」胡媚兒思索幾秒，前傾上身靠近蒲松雅問：「松雅先生，你是不是很不重視自己的安全？」

「當然不是，我如果不重視自己的安危，會為了妳闖黃燈生氣嗎？」

「松雅先生是很在乎交通規則，可是先前你闖進長亭家救人、在畫裡犧牲自己幫我們斷後，還有帶傷用緩降梯逃跑時，都讓我覺得你不太在乎自身安全。」

「妳提的那三個，前兩個是緊急狀況，和鬧出人命、全體被抓相比，我經歷點小風險不算什麼；至於第三個，如果能坐電梯，妳以為我想用那種方式逃跑嗎？」

「那小瓶子把你推下崖的事呢？一般人如果差點被殺掉，都會非常非常生氣吧？但是松雅先生你卻沒有，你反而比較氣小瓶子搞砸長亭煮的菜。」

「因為我還活著，但是長亭那桌菜卻完全毀了。」

「生命和菜，哪個比較重要！」胡媚兒站起來高聲問，瞧見蒲松雅猛然僵住，垮下雙肩認真的道：「你得更愛惜自己一點才行，危險的、會受傷的、不安全的事，能不做就別做，然後如果有人傷害你，也要認真的生氣。」

蒲松雅的嘴巴開合兩次，轉開頭盯著窗戶低語：「別把我講得好像有自毀傾向似的。」

「你有啊！小金和小花都跟我提過好幾次，你老是為了救貓救狗把自己弄傷，或是忙著替牠們準備食物，結果自己忘記吃飯。」

「牠們連這種事都跟妳說了？」

「當然，因為我們是吃同一包飼料的摯友！」胡媚兒自豪的回答，然後微微彎腰凝視蒲松雅道：「我想松雅先生短時間內，應該還改不掉這個壞習慣，不過沒關係，我會替你注意，絕對不讓你糟蹋自己。」

蒲松雅沉默了近半分鐘後，伸手抽出桌邊的衛生紙，壓上狐仙的嘴角道：「妳先注意自己的嘴吧，都幾歲的人了，還吃得滿嘴醬汁。」

「醬汁什麼的，離開前再……」

「現在就給我擦乾淨。」

蒲松雅將衛生紙塞進胡媚兒手中，看著狐仙心不甘情不願的坐下擦臉，嘴角緩緩上揚畫出弧線。

前一秒才像災星一樣讓人頭痛，下一秒又似冬陽暖人心弦，他怎麼會喜歡上這麼難以預測的傢伙？

胡媚兒在沒吃早餐，外加未受蒲松雅管制下，點了比平時多上三倍的食物。

雖然狐仙能以秋風掃落葉之勢迅速清空菜餚，但是小小的方桌仍放不下眾多餐點，廚房也難以負荷這突如其來的巨量，只能將餐點分成四批，一批一批慢慢上。

用餐時間因此大幅拉長，兩人吃了將近兩個半小時，才總算看到代表尾聲的甜點。

「哇，杏仁豆腐好漂亮！」

胡媚兒拿著湯匙輕戳鮮豔的水果丁、透明糖漿和薄荷葉，豪邁的舀起一大口送入口中。

蒲松雅看胡媚兒兩三口吃完整碗杏仁豆腐，拉下嘴角低聲道：「雖然我已經親身體驗過妳的暴食屬性好幾次了，但是……妳的胃袋是用四次元口袋做成的嗎？」

「四次元口袋?怎麼可能，我的胃只是普通的胃，不是無底洞。」胡媚兒邊回答邊將芒果布丁挪到自己面前。

「……」

「松雅先生？」

「我要去洗手間洗手。」

蒲松雅起身往店內走，他遠遠看見清潔阿姨在男廁中拖地，於是轉身登上階梯，改去二樓的廁所。

二樓的男女廁共用同一個洗手檯，當蒲松雅走到白瓷檯子前方時，該處站著兩名正在補妝的女子。

「所以小芬的臉會紅腫，是因為果酸酸度過高？妳確定？」

「小芬去看的皮膚科醫生是這樣說的啦！啊，我的吸油面紙用完了，借我一張。」

「在那邊，自己拿。我也有買小芬之前團購的果酸換膚霜，我的臉就沒有腫起來啊！」

「因為妳只有擦換膚霜，小芬還有用果酸洗面乳、果酸化妝水、果酸乳液，這些單獨用沒超標，但是合起來就……」

其中一名女子透過鏡子看到蒲松雅，發現後面有人在排隊，趕緊朝同伴使眼色，兩人一起匆匆收拾洗手檯上的化妝品，拎著小化妝包離去。

蒲松雅總算取得洗手檯的使用權，他扭開水龍頭洗手，抽出牆上的紙巾拭去水珠，同時朝樓梯口走去，他沒注意自己前方有什麼，結果一不小心就撞到一位妙齡女客人。

蒲松雅緊急扶住女客人道：「抱歉，我剛剛沒看前面。」

「沒關係。」女客人揮揮手，雙眼卻在瞧見蒲松雅的臉時睜大，像是看到什麼稀有動物一樣，直直盯著對方瞧。

蒲松雅被看得渾身不對勁，後退半步戒備問：「請問有事嗎？」

帶有警告意味的發言打醒女客人，她趕緊低下頭窘迫的道：「對不起，因為你和我認識的人長得好像，我一不小心就看入迷了，抱歉打擾了。」

蒲松雅皺皺眉，繞過女客人繼續朝樓梯走，他在行走間隱約聽到對方唸著「顏色」、「氣質不一樣」之類的話，腳步瞬間停頓。長相與自己相似，但是顏色與氣質截然不同，就蒲松雅所知，世上具備此特徵的人只有……

「鳶玉，妳怎麼那麼慢啊——」

輕快的呼喊聲打中蒲松雅的後腦勺，他的四肢軀幹驟然僵硬，周圍的聲音一下子消失，只剩下剛剛聽聞的喊聲在反覆回放。

他緩慢的轉動頭顱，視線越過女客人的肩膀，看見蒲松芳揮手奔向女客人。

蒲松芳也幾乎在同一時間發現蒲松雅，他的手臂停在半空中，笑容被錯愕所取代。

兩人隔著四、五張桌子對望，彼此的呼吸和腦袋都陷入停滯狀態，直到兩張四人座方桌忽然掀飛，才恢復思考能力。

「阿芳！」

「小倩？」

兄弟倆叫出不同的人名，也遭遇不同的對待——蒲松雅被白綾突襲，遭布匹拍飛到牆壁上；蒲松芳則被綾布迅速捲住，平穩的帶回聶小倩身邊。

蒲松雅被摔得渾身發疼，不過他沒有給身體與神經回復的時間，雙腳一落地，就馬上朝蒲松芳的方向奔跑。

聶小倩抬起手打算再補一擊，但是蒲松芳立刻扣住她的手，以眼神要求對方住手。

聶小倩微微抿脣，甩動白綾立起桌椅製造障礙物，再以綾布綑住女客人，將人強行拖到身旁。蒲松雅來不及閃避，直接撞上桌面，而當他推開礙事的桌椅時，聶小倩已經圈著蒲松芳的腰，拉著被綁成粽子的女客人，細足一蹬，撞破窗戶跳出茶樓。

胡媚兒因為聲響奔上樓察看，當她踏上二樓的地板時，看到的是驚恐的男女、翻倒的桌子椅子，以及一腳踏在窗框上準備跳樓的蒲松雅。

胡媚兒趕到窗邊，抱住蒲松雅的腰大叫：「松松松雅先生住手啊！多想兩分鐘，你可以找出其他出路！」

「我多想兩分鐘，阿芳就跑掉了！」

「跑掉的再追回……」胡媚兒停頓兩秒，鬆手尖聲大喊：「阿芳！阿芳是你弟弟那個阿芳？」

「我不認識我弟以外的阿芳！」

蒲松雅將頭探出破窗戶，緊繃著臉俯瞰街道道：「他一分鐘前還在這裡，現在……那個女鬼把阿芳帶到哪去了！胡媚兒，妳之前找長亭時用過的那招，現在能使出來嗎？」

「找長亭……你是說開天眼嗎？那個用來找一般人、妖或鬼可以，但若是道行比我深、擅長隱藏或改變氣息的對象，那就不管用了。」

胡媚兒驚覺蒲松雅的身體向外傾斜，趕緊抓住對方的腰帶道：「但是我還有其他辦法，有其他比跳樓自殺好很多很多的辦法，像是……呃……飛到天上！沒錯，我可以用騰雲術，帶你到天上找人！」

「……動作快！」蒲松雅放開窗框，後退幾步盯著窗外。

胡媚兒看看左右，在確定二樓的人全跑光了後，雙手合十唸出隱身咒，再抖動身軀恢復棕狐之姿。

蒲松雅不等胡媚兒伏低，就攀上狐仙的背脊，指著窗外的便利商店道：「聶小倩是朝那個方向跑。」

「明白！」

▼※▲▼※▲▼※▲▼※▲

胡媚兒躍出全毀的窗戶，踏著空氣一路向上，在爬升到約十層樓的高度後，朝蒲松雅所指的方向飛馳。

蒲松雅低頭往下看，飛行大幅擴展他的視線，可是也縮小了底下的景物，馬路的寬度從數公尺轉為十多公分，行人也縮成拇指大小，強風更是吹得他幾乎睜不開眼睛。他無視風阻，硬是將眼睛睜到極限，在交錯的街道中尋找親人的身影，在冷風將眼珠吹乾的前一刻，終於看到蒲松芳的背影。

「胡媚兒，天橋！人在天橋上！」

蒲松雅指著被施工圍籬封閉的馬路，在該路路口的綠色天橋上，能看見紅、紫、白三個人影，前兩者是蒲松芳與聶小倩，最後一個則是被綾布包住拖行的女客人。

「松雅先生，抓緊了！」

胡媚兒壓下頭朝天橋俯衝，她打算闖進蒲松芳與聶小倩之間，然而女鬼聽見風聲抬頭，反手甩出白綾，迫使狐仙改變路徑，降落在三人前方。

蒲松雅滑下狐背朝蒲松芳伸手道：「阿芳，別再亂跑了，快點跟我走！」

「走去哪裡？」蒲松芳歪頭問。

「城隍廟或我老闆那裡，你吞下去的妖氣再不處理，就沒辦法處理了！」

蒲松雅邊說邊往前走，然而他才沒走幾步就被胡媚兒攔住，同時聶小倩也甩動白綾擺出應戰架式。

蒲松芳按住聶小倩的肩膀，望向蒲松雅微笑，「處理完之後呢？和阿雅一起回家嗎？」

「不然呢？寶樹姥妖已經死了，她的黨羽也全被城隍廟抓起來，你沒理由繼續在外面遊蕩。」蒲松雅道。

蒲松芳沒有回答，停頓片刻露出困擾的笑道：「阿雅一點也沒變，還是那麼善良與寬容呢，不過這也是我最喜歡阿雅的地方。」

「你在說什麼？」蒲松雅皺眉。

「我在說……我的口才沒有阿雅好，所以還是搭配道具說明好了。」

蒲松芳打一個響指，聶小倩立刻震動白綾，將昏迷的女客人拉到蒲松芳的腳邊。

蒲松芳蹲下，拎起女客人的後頸道：「阿雅，這位是陽鳶玉小姐，我今天的約會對象，她是一名親切優雅的淑女，我相當喜歡她。」

蒲松雅默不作聲，他不認識陽鳶玉，也不明白蒲松芳介紹此人的用意。

蒲松芳明白兄弟的疑惑，鬆手讓陽鳶玉躺回地上：「我想阿雅肯定對她的名字沒印象，因為和阿雅接觸的是她的父親——臺北地檢署主任檢察官陽谷令。」

蒲松雅先是愣住，接著臉色驟然轉白，以混雜錯愕與痛苦的眼神注視著陽鳶玉。

胡媚兒不知道陽谷令是誰，立起尾巴困惑的問：「那是誰？」

「他是偵辦『蒲松芳凶殺失蹤案』的檢察官。」蒲松芳坐在天橋上，盤起腿輕拍陽鳶玉道：「他堅信阿雅為了奪取保險理賠，親手殺死弟弟，再藏起屍體於公園故布疑陣，製造我是死於流浪漢之手的假象。」

「松雅先生才不會幹那種事！」胡媚兒近乎反射動作的駁斥，棕毛也一口氣豎起。

蒲松雅因胡媚兒的喊叫而回神，伸手順順狐仙的背低聲道：「我是沒有，但是陽檢察官的推論也不是完全沒有道理，他雖然沒有直接證據，但是有不少間接證據。」

蒲松芳撇開頭道：「哪是間接證據，分明是虛構證據。」

「就是間接證據，你的壽險受益人的確是我，然後失蹤之前我們也有大吵一架。」蒲松雅直視弟弟沉聲道：「阿芳，如果你因為陽檢察官把我列為嫌疑犯，就找他的女兒開刀，那你就遷怒遷得太離譜了。」

「不不不，一點都不離譜。」

蒲松芳搖搖手指，仰頭朝聶小倩道：「小倩，告訴阿雅，妳從烏金華那老太婆的私帳中查到什麼？」

聶小倩拿出小冊子，唸出私帳上抄來的內容：「七月十六日，陽谷令，兩百萬元，用於將蒲松雅定罪。」

「這才是最強悍的間接證據！」蒲松芳拍拍手看向陽鳶玉，目光中浮現明顯的敵意：「若不是荷狐洞君發揮影響力阻止，這位漂亮小姐的父親肯定會將阿雅起訴判刑，關到牢裡策動其他受刑人殺掉阿雅。」

蒲松雅雙眼瞪大，不過他很快就恢復冷靜道：「即使如此，那也那是陽谷令幹的事，和他的兒女無關，你抓陽鳶玉做什麼？」

「……阿雅真是善良與寬容啊！」

「這和善良與寬容無關！你在計畫什麼？為什麼鬧失蹤？認真回答我，要不然我真的要生氣了！」

蒲松雅氣急敗壞的怒吼，但這只是佯裝出來的怒氣，事實上包圍他的不是憤怒，而是濃烈的不祥之感。

——阿芳不太對勁。

蒲松雅的第六感如此高喊，可是卻找不出哪裡不對勁，而且越是凝視弟弟的身姿與傾聽他的聲音，就越覺得對方毫無異狀。

「和我回去！」蒲松雅朝弟弟伸出手，壓抑著躁動呼喊：「回去處理掉你身上的妖氣後，你想做什麼我們再來討論。」

蒲松芳沉默，他掛著笑遠望哥哥，將手放到陽鳶玉的脖子上，掐住白皙的咽喉。

胡媚兒判斷蒲松芳要對陽鳶玉下殺手，蹬地衝向對方大喊：「住手！」

聶小倩一個箭步擋住胡媚兒的去路，下揮左手射出白綾，綾布在延伸途中迅速加寬，成為與狐仙同等大小的障壁。胡媚兒沒有因此減速，她吐出金色火焰，焰團迅速燃盡障壁，並沿著白綾一路燒向聶小倩。

聶小倩反手斬斷白綾，逃過被狐火焚燒的危機，不過也導致胡媚兒有時間衝到自己面前，吐出下一團金火。

聶小倩的髮絲被火舌所吞噬，但也僅此而已，她及時下腰躲過火，雙手貼上地面，在後翻的同時踢向胡媚兒的下顎。胡媚兒來不及閃避，只能盡可能抬高頭減緩衝擊，在暈眩中甩頭後退，再重整態勢奔向聶小倩。

蒲松雅看著狐仙與厲鬼纏鬥，胡媚兒靠著火焰和狐身的速度優勢數次逼近到聶小倩跟前；聶小倩雖然屢屢近距離面對獠牙與金火，但卻都能靠著體術與血點白綾驚險的讓敵人退後。

——短時間內無法突破。

蒲松雅做出結論，焦急感也隨之升高。

他不是對胡媚兒沒有信心，相反的，他相信只要有足夠的時間，胡媚兒應該能擊倒聶小倩，可是他們最缺的就是時間。

蒲松雅比任何人都清楚，蒲松芳是多麼缺乏耐心、喜歡製造突發狀況，對戰的時間一拖長，難保蒲松芳不會因為無聊而做出什麼難以收拾的事。

「小倩，加油！」

蒲松芳揮手奮力替聶小倩加油，燕尾服外套的下襬隨手臂動作晃動，露出掛在腰間的左輪手槍。

蒲松雅凝視著左輪手槍，他沒有能力傷到聶小倩，可是蒲松芳有能力傷到胡媚兒。如果蒲松芳掏槍射擊，這回他可沒有自信能替狐仙擋子彈。

沒有他能做的事嗎?蒲松雅在心中呼喊，他掃視整座天橋，注意到地上的燒焦痕跡。

由於胡媚兒採用火攻，水泥天橋的中段幾乎都被狐火燒黑，兩排的鐵欄杆也搖搖欲墜，然而在一片焦黑之中，唯獨蒲松芳所在之處，以及他前方寬一公尺、長半公尺的梯形小區塊毫無燃燒的痕跡。

為什麼？

蒲松雅在發問之時，就立刻想到答案——那裡是聶小倩的最終防線，女鬼為了護衛身後的主人，無論如何都必須將胡媚兒擋在梯形區塊之前。

聶小倩彷彿是在呼應蒲松雅的推測一般，向後一躍落入小區塊中，舉起臂膀硬接下金色火團，刺出白綾長槍迫使狐仙退離。

蒲松雅靈光一閃，冒出一個瘋狂的計謀：他能不能挖一扇門讓聶小倩摔下天橋？

天橋只是水泥與鋼筋的集合體，不會比城隍廟的門、設下特殊術法的壁畫，或是有天仙法力保護的建築物堅固，可是他從未隔著十多公尺的距離開門，更沒設計過陷阱門。

「哇啊，狐狸小姐比我想像中厲害啊！」

蒲松芳的驚呼聲將蒲松雅拉回現實，他瞧見弟弟左右擺動著身體，臉上開始浮現無趣的表情。

沒時間猶豫了！蒲松雅咬牙，凝視無傷無損的梯形區塊，投入全副精力建構門扉。

他想像該處有個隱密、沒有門把的雙扇門，門的長與寬都是一公尺，顏色與天橋的水泥地面一致，高度也和橋面完全相同，門縫細得要拿放大鏡才能看見。

這扇門是向下——天橋下方的馬路——開啟，構造接近廁所垃圾桶的蓋子，門上的人稍加施力就能開啟，門內的人就算擠破頭，也難以將門打開。

蒲松雅不知道自己有沒有成功造出門，他只覺得雙腳忽然一陣疲軟，反射動作伸手抓住欄杆。

在蒲松雅握欄杆的同一時間，聶小倩再次退回梯形區塊，這回她腳下的水泥地不再穩固，而是向下傾斜開出一個方洞，讓女鬼直直落向下方的馬路。

胡媚兒睜大眼睛，她驚訝但沒有因此停下腳步，縱身飛越聶小倩的頭頂，撲向後頭的蒲松芳。

「成功了！」

蒲松雅不自覺的喊出聲，以為會看見胡媚兒壓倒弟弟，然而下一秒卻聽見破碎的哀鳴，接著瞧見胡媚兒劃出弧線摔到自己腳邊。

這大大的超乎蒲松雅的預期，他愣住兩秒才回神，蹲下來碰觸胡媚兒，在確定對方只是失去意識後，望向蒲松芳問：「你做了什麼？」

「只是吹了一口氣。」

蒲松芳拍拍褲子站起來，他朝半空中吐氣，淡紅色的煙霧伴著吐息飛上天空，消散在夕陽的光輝中。

蒲松雅瞪著詭異的紅煙，肩膀猛然震動，搞清楚了心中的異樣感源自於何。

站在天橋另一端的是自己失蹤六年的弟弟，這點他的眼睛、耳朵和記憶都能打包票，然而他的直覺與第六感卻告訴主人，站在那兒的是與寶樹姥妖同樣駭人的存在。

蒲松雅難掩驚愕的問：「阿芳，你難道……難道已經……」

「已經是魔人了呦！」蒲松芳說出兄弟不敢言明的話，攤平雙手笑道：「我不想讓阿雅傷心，所以打算瞞到最後一刻，不過……同為兩界走，就算我改變自己的氣，你還是能發覺到我的改變呢，阿雅果然厲害！」

「我一點也不想發覺這種鬼事！」蒲松雅尖聲怒吼，他氣到渾身發抖，瞪著弟弟厲聲問道：「為什麼會這樣?明明還有半個月的時間不是嗎?你給我偷偷幹了什麼蠢事！」

「我也不知道，一覺起來就變成這樣子了。」蒲松芳聳聳肩膀回答。

蒲松雅被弟弟激出青筋，他快步走向蒲松芳，伸長手臂想將人拉過來教訓，可惜在他摸到對方的袖子前，白綾先一步闖入兩人之間。

「松雅先生！」

胡媚兒的喊聲與嘴巴在同一秒貼上蒲松雅的背脊，狐仙叼住人類的衣服，將人拉離白綾的掃蕩範圍。

聶小倩翻回天橋上，她收回陽鳶玉身上的白綾，抱住蒲松芳後再射出七、八條綾布，將整座天橋砍成碎片。胡媚兒踏著水泥與鋼筋閃避白綾，她將蒲松雅放到地面，再拔足奔向陽鳶玉，以身體當作墊子接住人類。

蒲松雅獨自坐在馬路上，放眼望去盡是碎水泥塊、斷裂的鋼筋與彎曲變形的鐵欄杆，卻不見弟弟與女厲鬼。

他的視線只離開蒲松芳不到三秒鐘，就再一次失去弟弟的身影。

「阿芳你這混蛋！」

蒲松雅握拳捶柏油路，緊緊咬牙，不明白自己是做錯或遺漏了什麼，讓事態一口氣惡化到極點。

——臉會紅腫，是因為果酸酸度過高？

——單獨用沒超標，但是合起來就……

——在給我的續命驅陰丸中，添加自己的樹液……

——不管你做多少努力，找來多少幫手，你的願望都不會成真！

先前在洗手檯前聽見的閒聊、蒲松芳在乾枯老樹前的話語，還有烏金華於地牢中的詛咒響起，這些零碎、不相干的言語在蒲松雅的腦中拼湊成完整的圖像，將他臉上的血氣一口氣掃空。

當胡媚兒將陽鳶玉放下來，轉頭尋找蒲松雅時，瞧見的就是臉色慘白、咬牙切齒的人類，她嚇一跳奔到對方身邊問：「松雅先生，你還好嗎？有沒有受傷？」

「……我沒事。」蒲松雅板著臉爬起來，跨大步走向馬路另一端。

胡媚兒趕緊跟上去問：「你要去哪裡？」

「找人。」

「找誰？熹公大人或二郎大人嗎？」

「不是。」

「不是？那你要去找誰？如果是要安置陽鳶玉、收拾碎掉的天橋，那應該找他們兩位啊……」胡媚兒抖了一下耳朵，縮起脖子低聲道：「說到收拾，我們還得回茶樓拿我的包包、衣服和付帳，要不然店家一定會以為我們是吃霸王餐的奧客。」

蒲松雅默默掏出手機，在胡媚兒說話時找出阿菊的號碼，按下撥號鍵並轉為擴音模式。

電話很快就接通，蒲松雅不等阿菊應聲就開口道：「阿菊，是我，我和胡媚兒需要你幫忙，詳情胡媚兒會告訴你。」

「欸，我來說？」胡媚兒放下前腳問。

蒲松雅沉默，彎腰將手機擺到狐仙面前的地上，用動作代替回答。

胡媚兒看看蒲松雅，再看看手機，雖然搞不懂對方為什麼不自己說，但還是乖乖低下頭對著手機交代事情經過。

而當她講完所有事，得到阿菊「待在原處，我會以最快的速度派人過來」的指令，抬起頭想要蒲松雅收回手機時，前方只剩空蕩蕩的馬路，不見蒲松雅的身影。

第四章

史上最強的靠山

城隍廟不因黃昏而冷清，下班後前來參拜的男女、享受夕陽餘暉的觀光客在百年老廟的內外走動，販賣烤香腸、紅豆餅、滷肉飯或旗魚羹米粉的小販也將攤位或桌椅拉出來，準備迎接晚上的客人。

蒲松雅坐著計程車來到城隍廟的廟口，他直接扔給司機三百塊，車子一停就打開車門，直接朝廟內走。他的目的地是正殿內的黑門——城隍府的入口。

蒲松雅很快就在牆面上找到門，側身穿過持香排隊的參拜者，握住門把向左一扭，打開陰間的入口。這是他第三次進入城隍府——第一次是誤闖，第二次是受邀前來，第三次則是擅自闖入。

擅闖城隍府可不是值得稱道的事，尤其現任城隍是個流氓氣質濃厚的男人，如此無禮的舉動肯定會招來慘痛懲罰。蒲松雅不是沒想過這點，事實上在他坐計程車過來的路上，腦中全是扛著機車大鎖的城隍爺，但即使知道，他仍無法阻止自己伸手開門。

為什麼？因為蒲松雅被奔騰的情緒支配了，他亟欲確定自己的推測，並且得到化解此一推測的辦法——假如他所鎖定的始作俑者願意說出來。

「……她沒有不說的選項。」

蒲松雅聽見自己抖著聲音低語，跨過門檻踏入長廊，依循上回的記憶朝電梯疾行。他與不少鬼差錯身而過，但這些鬼以為蒲松雅是被城隍爺找來的，因此沒有出手攔人。

蒲松雅順利到達電梯，趁兩名鬼差出電梯時，一個箭步闖進電梯廂中，按下羈押區所在的樓層，揪著心臟等待電梯下降。

電梯很快就降到指定的樓面，打開時外頭幸運的無人也無鬼，讓蒲松雅得以繼續往羈押區快奔。不過，蒲松雅的運氣在踏入羈押區前一秒消耗殆盡，他迎面撞上從裡頭走出來的謝平安，連退數步才停下來。

謝平安嚇一大跳，上前扶住蒲松雅問：「蒲先生？你怎麼會在這裡？」

「我有事找裡面的人。」蒲松雅向右一步，企圖繞過白無常進入羈押區。

謝平安舉起手臂，擋住蒲松雅的去路道：「這裡頭可沒有『人』。蒲先生，你有取得霮公大人的許可嗎？如果沒有，恕我無法放行。」

「我沒時間遞申請書！」

蒲松雅的話聲猛然飆高，這嚇到謝平安更嚇到他自己，甚至讓羈押區內的鬼差也轉頭往門口看。

謝平安蹙眉，持令牌的手微微抬起，考慮要不要動手將人強行帶離。

蒲松雅沒有漏看這個動作，他低頭抓住白無常的衣襬道：「拜託了，我知道我的要求很不合理，但是我有非常緊急、一刻都不能拖延的事必須確認，請讓我進去。」

謝平安沒有回話，他凝視著白著臉的蒲松雅，沉默許久才將人拉開，「我明瞭了，你進去找人，我上去替你補遞『申請書』。」

蒲松雅睜大眼睛，頓了五、六秒才難以置信的問：「可以這樣嗎？」

「照理來說不行，但燾公大人是個不拘泥於規定的人，而且他和小媚都信得過你，所以我決定賭一把。」

謝平安先對羈押區的鬼差點頭，以眼神示意對方沒事了，再讓出出入口道：「別辜負我們的信賴，做出會讓我被行刑的事喔。」

「我會小心。」蒲松雅壓著胸口承諾。他目送白無常走遠後，走到四天前曾經造訪的鐵牢前，低頭注視牢內被重重鐵鍊封鎖的烏金華。

烏金華聽見蒲松雅的腳步聲，抬起頭瞄了人類一眼，一臉無趣的撇開視線道：「想問你弟躲在哪的話，我不知道。」

「我不是來問妳阿芳的藏身處。」蒲松雅將指甲掐入掌心，靠著痛楚穩住情緒問：「我是來問妳，妳和寶樹姥妖餵了阿芳什麼東西。」

「蔬菜水果肉魚豆蛋……」烏金華的話聲轉弱，她從蒲松雅的口氣中讀出對方質問自己的緣由，轉回正面微笑道：「你比我想像中能幹呢，居然能找到那個小魔王。」

蒲松雅臉上一下子浮現青筋，以幾乎要將牙齒咬碎的力道問：「妳和寶樹姥妖在給阿芳的『續命驅陰丸』中，動了什麼手腳！」

「連是哪裡出問題都猜到了嗎？太精采了！要不是我被手銬銬著，真想為你拍拍手呢！」

「烏金華！」

「別吼別吼，你那張英俊的臉都扭成一團了。」烏金華前傾身子靠近柵欄，瞇起眼愉快的道：「別用那種眼神看我，我並沒有刻意讓你弟弟變成魔人，我只是在製藥過程中分心了一下，將自己的血滴入煉丹爐中，讓藥丸內的妖力提高幾分。」

「妳想說妳只是調味失敗，多加了一味嗎！」

「是啊，要怪就怪你弟弟的『舌頭』異於常人。一般人如果攝入同等的妖力，身體多多少少都會發冷不舒服，然而你弟弟卻什麼反應都沒有，等到我發現自己多放一味時，他已經將該批藥丸全吃完了。」

「然後妳就沿用出錯的配方，繼續製藥嗎？」蒲松雅厲聲問。

「沿用？我可不是那麼無聊的女人。」烏金華輕笑幾聲道：「我『增量』了。兩界走對妖力的消化能力有多強？我對此非常好奇，所以緩慢的增加續命驅陰丸中的血量，本以為很快就會看到你弟弟罹患重感冒，結果……令弟的體質真是強悍得嚇人。」

蒲松雅瞪著牢籠內甜美的笑臉，終於按捺不住憤怒，一拳捶上鐵牢問：「妳一開始就打算讓阿芳魔人化嗎？」

「怎麼會？我只想測試兩界走的極限，如果那個小魔王乖乖成為師尊的食糧，就能以人類的身分死去，可惜他自作孽，老天爺也只能叫他不可活了。」烏金華仰望蒲松雅，挑起單眉一臉驚奇的道：「不過說實在的，我很訝異你能活著回來，魔人是貪婪、強欲、缺乏理智的存在，他們渴望血肉，尤其與自己同源或相近者的，你既然是他的孿生兄弟，他沒理由不啃光你的肉。」

「別把阿芳和妳這種邪魔歪道相提並論！」

「沒錯，我等是邪魔歪道，但你以為那些神仙正道就比我們好嗎？才怪！我等至少誠實面對自己的所欲索求，不會拿什麼天條、陰陽平衡、因果報應之類的漂亮話，包裝自己的邪念或恐懼！」烏金華撲向柵欄，將捆身的鐵鍊繃至極限，「你很快就會親身體會他們的把戲！當天庭和地府發現你弟弟比想樣中危險，他們不只會迅速殺死他，還會把你也監禁起來，屆時你的處境可不會比我好到哪去。」

蒲松雅緊抿雙唇，他想要扯著鐵欄杆怒罵烏金華，可是這麼做只會讓烏鴉妖更加欣喜。因此他閉上眼睛，深呼吸兩次後，睜眼面無表情的道：「我會照顧好我自己，不勞妳費心。我要妳把續命驅陰丸的配方告訴城隍，加味前、加味後的都要。」

「我會，反正我沒有拒絕的餘地。」烏金華退回原處，勾起嘴角道：「而且就算交出配方，你弟弟的變化也無法逆轉，用你們人類的科學術語來說，他經歷的是化學變化，不是物理反應。」

「一個能無視質量守恆、物種隔閡和一切生物法則，從小烏鴉變老太婆的超能力生物，沒資格跟我談科學。」蒲松雅低語，轉身朝出入口走。

烏金華看著蒲松雅走遠，拖著沉重的鐵鍊站起來大吼：「那麼你就繼續抱著期待，然後溺斃在絕望之中吧！」

蒲松雅停下腳步，但下一秒就踏出羈押區，將滿懷怨恨的百年烏鴉妖留在漆黑的牢獄中。

▼※▲▼※▲▼※▲▼※▲

當蒲松雅乘著電梯返回城隍府一樓時，電梯門外的長廊依舊被忙碌所籠罩，鬼差們仍抱著公文、令旗或受刑鬼來回穿梭，無視廊上唯一的人類。

蒲松雅對這些鬼差們的態度也一樣，他沉浸在自己的思緒中，一個勁的快走。

「蒲先生！」

謝平安的聲音從蒲松雅背後傳來，他才停下腳步往後看，瞧見白無常跟在自己後頭。

「我替你拿到許可令了。」謝平安晃晃手中的公文，將文件遞給蒲松雅道：「只是燾公大人還在東嶽，所以上頭沒有蓋城隍印，你得找他補蓋。」

蒲松雅接下公文低著頭道：「謝謝，麻煩你了。」

謝平安張口似乎想說話，但最後還是什麼也沒講，只是拍拍蒲松雅的肩膀，轉身繼續忙自己的事。

蒲松雅將公文摺起放入口袋中，他繼續朝黑門前進，跨過門檻返回香火繚繞的城隍廟。

夕陽在蒲松雅闖進城隍府時落下，夜色籠罩百年老廟與廟旁的老街，鮮紅色的燈籠與黃澄澄的街燈、住宅電燈取代太陽照亮周遭。

「待會要吃什麼？」

「哇啊，已經這麼晚了嗎？我要回去了，明天見。」

「肉粽——燒肉粽！好吃的燒肉粽又來囉！」

路人與小販的交談、招呼聲輕敲著蒲松雅的耳膜，他走在吵雜的人群中，雙腳越動越快，最後由行走轉為競走。

他遠離由燈光、話語和溫暖食物香所構成的街道，穿過水泥砌成的水門，沿著河堤步道一路疾行，直到雙腳發軟才停下來，坐上路邊的木頭長椅。在坐下的同時，蒲松雅的情緒面具碎裂，他粗重的吸一口氣，舉起拳頭一下一下敲打木椅。

「該死、該死、該死、該死！開什麼玩笑啊！我才不能接受！這種事……玩弄人也得有個限度啊！」

捶打與吼叫聲迴盪在無人的河岸上，蒲松雅將自身的怒氣發洩在椅子上，即使拳頭破皮冒血也不停歇。

他彷彿又回到六年前，從警察口中得知弟弟的鞋子掉在公園，周圍還有大量血跡時……

為什麼沒有攔住阿芳呢？

為什麼要和阿芳吵架呢？

為什麼不聽阿芳的話呢？

為什麼讓這一切發生呢？

蒲松雅壓著流血的拳頭喘氣。六年前他還能抱著一絲希望，沒找到屍體，人還有活著的可能。但是六年後……

——過去天庭與地府對於魔人的處置，有超過半數是煉化。

蒲松雅肩膀一震，緊緊抱住自己的左右手臂，腦中無法克制的冒出孿生兄弟被丟入煉丹爐的畫面。他不是為了親眼目睹阿芳的死亡，才尋找弟弟、配合城隍府調查，如果知道此舉會替親人判下死刑，他寧願自己永遠都不知道至親還活著！

沒錯，他寧願如此，可惜世間沒有「寧願」、「如果」或「早知道」，只有已經發生的事以及即將降臨的結果，而這一點，現實的蒲松雅非常清楚。

「神佛菩薩鬼怪誰都好，要索取什麼代價都行，請救救阿芳，我怎麼樣都無所謂，但是阿芳……不要殺死我的弟弟……」

蒲松雅掛著眼淚低語，他蜷縮在長椅上，背脊因恐懼和無助的夾殺而顫抖。

一隻爬滿皺紋的手貼上蒲松雅的背，碰觸將蒲松雅喚回現實，他直起腰桿往後看，發現秋墳書店的常客——觀老太太拖著菜籃車，站在自己身後。

「蒲先生，晚安啊。」觀老太太溫柔的微笑，指著蒲松雅身邊的空位問：「我可以坐在這裡嗎？」

蒲松雅愣住，沉默了好一會才點頭，在混亂與錯愕之下說不出話。

觀老太太坐上木椅，仰望晴朗的夜空道：「今天的天氣很好，很適合賞月呢。」

「……」

「你的右手在流血嗎？讓我看看，我也許能幫上一點忙。」

蒲松雅伸出右手，看著觀老太太捧著自己的手左右檢查，然後從菜籃車中拿出醫藥箱與礦泉水，先洗淨血與灰塵，再用酒精仔細消毒後，蓋上紗布。

「好了。」觀老太太合上急救箱道：「身體髮膚受之父母，蒲先生要好好照顧自己，別再受傷囉。」

蒲松雅張口再閉口，反覆數次才勉強組織出文字：「妳怎麼會在這裡？」

「我聽到蒲先生的呼救聲，所以就過來了。」

「呼救聲？」蒲松雅的臉色轉紅，想起自己失控捶打椅子的舉動，微微別開頭道：「抱歉，我一個人在這邊大吼大叫擾人清靜。」

「不用道歉，人都有需要發洩的時候。」

觀老太太從菜籃車中拿出保溫瓶，轉開瓶蓋當作杯子問：「要來杯茶，潤潤喉嗎？」

蒲松雅本想婉拒，不過觀老太太已經把茶倒好遞過來，他只能點頭道謝後，接下散發茶香的保溫杯蓋。

觀老太太放下保溫杯，仰望潔白的月亮道：「我聽孝廉那孩子說，你在公園摔了一跤，為了好好養傷，秋墳書店會關店一陣子。」

「對不起，欠妳的資源回收物等開店後，我會再補給妳。」

「你太客氣了，你沒有欠我任何東西，相反的，是我欠你呢。」觀老太太笑了笑，將目光從天空轉到蒲松雅臉上，看著五官糾結的年輕人問：「蒲先生，你願意告訴我，你發生了什麼事嗎？」

「我……」蒲松雅的話卡在喉嚨中，他理智上知道不該將他人扯進自己的困境中，但是情感上又非常想傾訴。

「蒲先生。」觀老太太輕喚，慈祥的注視蒲松雅道：「如果你視我為值得信賴的好朋友，就請不要客氣，把我這個老太婆當成垃圾桶，盡情的吼叫吧。」

蒲松雅收緊手指，他凝視身邊和善卻散發堅毅感的老婦人，在一股說不明的悸動下，將一切全盤托出。他從自己意外把胡媚兒帶進家門說起，告訴觀老太太兩人怎麼揭穿賈道識的面具、被迫成為「翁長亭調查小組」的組長、進入壁畫中經歷一段京都冒險，最後意外撞見失蹤六年的弟弟。而他還沒從與至親相見的衝擊中恢復，就被胡媚兒的師弟當成情敵，還被對方推下懸崖，並且再次見到弟弟。

以這次重逢為開端，蒲松雅終於知道自己的能力、父母身亡的真相，以及導致一切的罪魁禍首。

「……阿芳變成魔人了。」蒲松雅彎下腰，以細如蚊蠅的聲音低訴：「天庭不會放過他，而地府那邊……宋燾公很盡力幫助我，但我不認為他會包庇阿芳。」

「蒲先生……」

「全部都是我的錯！」蒲松雅的尾音破碎，他掐緊手中的保溫杯蓋顫聲道：「如果……如果我在蘭若寺有將人攔住，如果我那一晚沒有和阿芳吵架，如果我阻止老爸去赴那場死亡約會……我一而再、再而三的犯錯！」

觀老太太將手放到蒲松雅的肩膀上，於年輕人抬頭時微笑問：「蒲先生，你聽過『自業自得果，眾生皆如是』嗎？」

「我聽過『自業自得』，意思和自作自受相近。」

「沒錯，就是自作自受的意思。」觀老太太收回手道：「眾生，包含神佛菩薩妖怪——都要替自己種的因，擔負隨之而來的果。蒲先生是，蒲先生的父母、兄弟也是，沒有人能替另一人擔負。」

蒲松雅皺眉道：「對不起，我聽不太懂。」

「蒲先生的父母與弟弟遭遇的事，是眾多因緣聚合而成，如果真要有人為此負責，那也是你的親人本人，以及策劃陷阱的妖鬼，不是蒲先生。」

「但是我沒……」

「沒有人能預料一切。」觀老太太打斷蒲松雅，握住他的手柔和但堅定的道：「你盡力了，只是結果無法盡如人意，這是世間的常態，你我再不甘心也只能接受，然後原諒自己。」

「我沒有辦法原諒自己！」蒲松雅抖著嗓子回應，他怎麼能原諒這個一次次錯失機會、做出糟糕選擇的自己？

「原諒吧，這樣你才能將心思放在當下，而不是在過去打轉。」觀老太太在蒲松雅反駁前，舉起手制止對方道：「逝者已逝，你該關注的是眼前的人事物，才能替自己與他人找到活路。」

「……我不認為還有活路可言，根本就沒有逆轉魔人的方法……」蒲松雅垮下肩膀。

「你在反擊烏金華小姐時，可不這麼認為。」觀老太太指指自己的耳朵笑道：「這可是你五分鐘前親口告訴我的，我應該沒聽錯吧？」

「那只是虛張聲勢。」蒲松雅撇開頭。

「讓聲勢化為現實，就不是虛張了。」

「地府城隍、天界諸神、百年千年老妖怪都說辦不到的事，我要怎麼讓它化為現實？更別提我根本不知道阿芳躲在哪裡。」

「他們辦不到，不代表蒲先生辦不到。令弟這一路上，不也做了許多令神鬼妖人錯愕的壯舉？我相信蒲先生也可以。」觀老太太悠哉的淺笑道：「至於令弟的所在位置……我想只要蒲先生冷靜下來，不再放著自己的長處去遷就令弟的喜好，你很快就能找到弟弟。」

「長處和喜好……呃！」蒲松雅僵住，臉上的悲憤緩緩淡去，換上恍然大悟的表情。

觀老太太知道蒲松雅聽懂了，勾起嘴角柔聲道：「蒲先生聰明又認真，就是太客氣了，明明身邊有很多能取用的資源，卻不好意思使用。」

「我已經給那些人帶來太多麻煩了。」

「既然如此，再多一分麻煩又有何妨？」

觀老太太彎下腰，從菜籃車中拿出一個沒有標籤的寶特瓶，將寶特瓶與蒲松雅手中的保溫杯蓋交換，說道：「這是大悲水，能淨化、治病與安定心靈，請蒲先生妥善利用。」

「利用？」蒲松雅握著問。

觀老太太笑而不答，她起身握住菜籃車的拉桿道：「時間不早了，我得走了。蒲先生也別太晚回去，要不然重視你的人會擔心的。」

蒲松雅趕緊站起來道：「我送妳回去吧，妳一個人走太危險了。」

「不用不用，我不是一個人。」觀老太太揮揮手拖著菜籃車轉身，循著來時路往回走。

蒲松雅目送觀老太太遠去，直到矮小的身影完全消失，他才坐回椅子上，閉上雙眼深深吸氣，再一秒一秒緩緩吐氣。

——阿芳你這混帳死小孩，給我把腦袋和身體洗乾淨等著，賭上身為哥哥的尊嚴，我絕對要把你抓回來打屁股！

▼※▲▼※▲▼※▲▼※▲

觀老太太離開後，蒲松雅在河堤步道多坐了半小時，才起身攔計程車返回荷洞院。當他走進荷洞院一樓大廳時，櫃檯小姐瞪大雙眼看著他，沒有向他打招呼，而是抓起電話急撥號。

蒲松雅裝作沒看到，他直接搭電梯上十四樓，在進門時受到自家貓狗的熱烈歡迎，他邊拍撫毛小孩邊走回自己的房間。一路上他沒碰到阿菊、虎斑、宋燾正或胡媚兒，而他也沒察覺到這是多麼異常的狀況——以往十四樓至少會有一名僕人留守。

蒲松進入浴室換下沾滿灰塵的外出服，站在蓮蓬頭下洗去一身汗水後，坐到電腦前將腦中的計畫擬成文字印出。他一共印了三份計畫書，而當他用釘書機將最後一份文件釘起來時，房門猛然彈開，複數的吼聲震動梁柱。

「松雅先生生生生——」

「小、松、雅！」

「松雅少爺！」

「你他X的死小鬼！」

胡媚兒、荷二郎、阿菊和宋熹正——內容物是宋熹公——四個人站在門口，滿含焦急、憤怒、擔憂、殺意的四雙眼睛直直盯著電腦前的人類。

蒲松雅回頭注視四人，被這些人猙獰的表情嚇到，剛想問他們發生什麼事，就被四個人團團包圍了。

「松雅先生你太過分了！」胡媚兒率先發難，掏出蒲松雅的手機哭喊：「沒帶手機就跑掉，這樣我要怎麼找你啊！」

「你故意利用自己的手機，引開阿菊和小媚兒的注意力吧？多麼一箭雙鵰的作戰啊！」

荷二郎掛著微笑問，但笑靨的溫度逼近絕對零度。

「松雅少爺您實在太亂來了。」阿菊垮著肩膀低語。

「你把城隍府當成什麼啦？」宋熹公叼著香菸，一掌拍上電腦桌怒吼：「廚房、廁所、區公所、兒童樂園？老子的地盤可不是想來就來、想走就走，走了之後還鬧失蹤的地方！」

蒲松雅在一連串的炮火中傻住，腦袋空白了五、六秒才想通這四人是在氣自己不告而別，於是低下頭誠懇的道歉：「對不起，我當時腦袋一片混亂，只想快點搞清楚發生什麼事，沒考慮到你們的心情。」

「……」

「真的很抱歉，我發誓……呃？」蒲松雅的話聲中斷，他發現左右四人的神情從怒氣沖沖、殺氣騰騰，轉為混合驚愕與呆滯的謎樣表情，愣了一會問：「怎麼了？」

「怎麼了……」胡媚兒拉長尾音，靠近蒲松雅問：「松雅先生，你發燒了嗎？」

「沒有。」蒲松雅秒答，驟然理解眾人掛著傻子臉的原因，不滿的高聲問：「喂，我主動道歉有那麼稀奇嗎？犯錯就認錯，這是理所當然的事吧！難道說你們希望我死不認錯？」

胡媚兒連忙揮手道：「當然不希望，可是……我本來以為松雅先生會說『妳又不是我媽，我為什麼要向妳報備行程』……」

「或是『我要去哪是我的自由』。」荷二郎補充。

阿菊跟進道：「還有『你們反應過度了吧』。」

「你這麼快就認錯，我不就不能揍你了嗎？」宋熹公單手扠腰問。

蒲松雅瞪著四人，壓著眉心低聲道：「在你們的心目中，我的形象這麼糟糕啊……」

「不是形象差，只是很不坦率。」胡媚兒道。

「而且會下意識抗拒他人的好意與關心。」荷二郎嘆氣道。

「明明是人類，但是卻比較願意聽動物的建議。」阿菊也跟著嘆息。

「我可以揍你嗎？一拳就好，我會手下留情。」宋熹公捏著拳頭問。

「你們……」蒲松雅一陣無力，垂下頭疲倦的道：「我知道了，我以後會坦率的接受別人的好意和建議，這樣可以了吧？」

「松雅先生願意改變是最好，不過就算你不改，我還是會喜歡你！」胡媚兒笑著點頭。

蒲松雅愣住，乾咳兩聲不自然的道：「現在不是說這種話的時候吧，看看氣氛啊妳這隻笨狐狸。」

「是被松雅先生愛著的笨狐狸。」胡媚兒指著自己的臉道。

蒲松雅的臉色一下子飆紅，氣急敗壞的大喊：「誰、誰愛著妳啊！我是……是喜歡，沒錯！只是喜歡！別往自己的臉上貼金！」

「松雅先生的喜歡就是愛啊～」

胡媚兒低頭對電腦桌下的金騎士、花夫人和黑勇者問：「小金、小花、小黑，對吧？」

「汪！」

「喵。」

「姆——」

蒲家貓狗非常配合的出聲附和。

「不要擅自拉攏我家小孩！」蒲松雅擋在胡媚兒與自家毛小孩之間，停頓兩秒壓著額頭道：「不對，我沒時間跟妳吵這種無聊的事，我有更迫切的事要和你們談。」

「迫切……今天的宵夜要吃什麼？」胡媚兒歪頭問。

「哪有可能是啊！」蒲松雅拿計畫書拍胡媚兒的臉，轉頭望向荷二郎道：「老闆你也說說話啊，胡媚兒是歸你管吧？別讓她再扯一些五四三的事。」

荷二郎彎下腰靠近蒲松雅，笑容燦爛的問：「小松雅，你對我是愛著、愛著，還是愛著?」

蒲松雅的嘴角抽動,心道:這三個選項不是都一樣嗎?而且老闆的笑容也美得太可怕了,光看就覺得胃痛。

「小、松、雅,是哪個呀?」荷二郎逼近蒲松雅的臉問。

宋燾公皺皺眉,伸手扣住荷二郎的肩膀,一把將人扯回原位道:「荷二郎你鬧夠了沒?現在是玩的時候嗎!正經點,好好聽你孫子講話。」

「謝謝。」蒲松雅放下緊繃,移動椅子遠離荷二郎。

阿菊也鬆了口氣,揚起嘴角微笑道:「如果諸位打算長談,會需要飲料吧,我去端茶水。松雅少爺是綠茶,燾公大人是黑咖啡,小媚是啤酒,然後二郎大人是高粱,我沒記錯吧?」

蒲松雅舉手道:「胡媚兒和我一樣喝綠茶。」

胡媚兒跳起來抗議:「為什麼?我不要!」

「在談正經事的時候,旁邊躺了一隻醉狐狸能看嗎!和我一起喝茶,酒精類飲品一滴都不准碰。」蒲松雅指著胡媚兒的鼻子強調。

「不——」胡媚兒仰頭哀號。

阿菊噗嗤一聲笑出來，他轉身離開房間前往廚房，五分鐘後就端著茶、酒和咖啡回到房間，遞給每個人飲品後便離開，將空間留給四人。

蒲松雅端起茶杯，轉向胡媚兒問：「胡媚兒，陽鳶玉沒事吧？」

胡媚兒看著荷二郎手中的高粱酒，沉著臉回答：「她沒事，只是損失了一些陽氣，但沒有生命危險，人正在醫院休養。我們有好好把她的記憶消除，所以等她醒來後，什麼都不會記得。」

「那女孩不是唯一被你弟抓住的人。」宋燾公插嘴，反轉手機亮出一串名單道：「我派人去清查這兩週內因不明原因昏迷的人，包含陽鳶玉在內總共有六人，這六人的父母分別在銀行、地下錢莊、報社、黑道、房地產或律師界工作。」

「銀行、地下錢莊、報社、黑道……呃！」蒲松雅睜大眼睛，露出訝異之色問：「燾公，這些人該不會是……」

「如你所想，全員都曾經幫助過你的叔伯輩瓜分遺產。」宋燾公放下手機道：「我以為你弟會先找親戚算帳，結果那個小兔崽子似乎打算把主菜留在後面，先解決甜點和小菜。」

蒲松雅握緊茶杯，面色凝重的道：「找叔叔伯伯或當時動手腳的人還能理解，但是針對這些人的兒女……不能讓阿芳再胡來下去了，必須儘快阻止他。」

「小松雅你有主意？」荷二郎問。

「是有計畫。」蒲松雅將杯子放到電腦桌上，環顧在場的三人道：「我在離開城隍廟後，好好思考了這段時間事態的變化，以及自己的所作所為，我被阿芳牽著鼻子走不說，還連累其他人受傷。」

胡媚兒用力搖頭道：「我不覺得自己有被連累！松雅先生這陣子雖然狀態不好，但還是很盡心照顧我、二郎大人和小正。」

「照顧病人那類的事情，阿菊和虎斑都比我擅長，嚴格說起來，我反而在妨礙他們兩個。」蒲松雅拍拍自己的頭，面色凝重道：「我唯一能派上用場的，只有腦袋和冷靜。但是這半個月我腦袋一頭熱，行動全憑衝動和本能，結果就是一次又一次打亂你們的步調，讓事情發展到最糟糕的地步。」

宋燾公聳聳肩膀道：「我不認為你有打亂我或二郎的步調，蘭若寺那場要不是你闖進來，我們兩個大概都要被踢去投胎轉世了。但我同意你的判斷，現在的處境很糟，你有逆轉的方法嗎？」

「有。」蒲松雅回答，他深吸一口氣道：「我和阿芳雖然是雙胞胎，但是性格和專長都差很遠，他外向、主動，身體跑得比腦子快，我內向、被動，腦子沒動身體也不會動。舉例來說，在玩官兵抓強盜時，阿芳是非常強悍的『強盜』，靠著不按牌理出牌的性格，讓官兵根本猜不到他會往哪跑；而我喜歡擔任官兵，靠著觀察強盜留下的足跡抓人。」

「聽起來就像我們現在的處境啊……」荷二郎苦笑道。

「是啊，所以必須改變兩方的角色。」蒲松雅目光一凜，雙手緊握道：「別再把心力花在追捕或調查阿芳在哪裡，這是白費力氣，應該反過來讓阿芳追著我們跑，讓他從主動變被動，陷入自己不擅長應付的情境中。」

胡媚兒問：「這有辦法做到嗎？」

「只要備妥夠具吸引力的誘餌就行，具體計畫在這裡。」

蒲松雅伸手拿起電腦桌上的計畫書，一份一份發給三人。他看著大夥翻閱文件，表面上看起來雖然平靜，可是心裡其實七上八下。如果胡媚兒、荷二郎和宋熹公有一人不同意，那麼整個計畫就無法實行，但是如此胡來、只有一半成功率的計謀，三人會願意配合嗎？

在經過約五分鐘的翻閱後，荷二郎第一個放下計畫書，露出意味深遠的笑容道：「小松雅，這可是犯罪呦。」

「我不否認。」蒲松雅道。

「我贊成這個計畫！」胡媚兒高舉右手，翹起嘴角認真的道：「可以抓到松雅先生的弟弟，還能教訓可惡的傢伙，沒有比這更爽快的計畫了！」

「我同意小媚兒的見解。」荷二郎笑了笑，偏頭瞄向宋燾公問：「宋先生呢？你是參加、退出，還是阻擋？」

宋燾公沒有回答，他沉默許久才開口道：「松雅，為防萬一，我先確認一件事。你知道如果我們成功捕獲你弟，他會面臨什麼處置嗎？」

蒲松雅的胸口猛然揪緊，忍著痛楚低聲道：「會被煉化——如果他是魔人。」

「沒有『如果』了，蒲松芳就是魔人。」宋燾公徒手捻熄香菸，前傾身子直視蒲松雅，一字一句道：「你傍晚在羈押區和烏金華交談的內容，我和負責你弟弟案件的鬼差全都知道了，我要他們暫時保密，但我能做的也僅止於此。如果你弟出現在我面前，我基於城隍的職責，必須將他逮捕後送去煉化。換句話說，你弟要是落進我手中，他就死定了。」

胡媚兒捉著宋燾公的手臂道：「燾、燾公大人，您說得太嚴重了吧！松雅先生的弟弟看起來還很理智，好好談談的話……」

「不管怎麼談，蒲松芳都不會好轉，只會惡化！」宋熹公吼斷胡媚兒的求情，板著臉嚴肅的道：「我的的工作是保護北臺灣，這也是我的底線，不管妳或旁邊那隻老狐狸怎麼求我，我都不可能放過會把臺北變成惡靈古堡的傢伙。」

「熹公大人！」胡媚兒抱著宋熹公的手搖晃。

「放開，撒嬌對我沒用！」宋熹公拉扯自己的手臂。

「不過，只要能排除阿芳的危險性，你就不會對他動手吧？」蒲松雅發問。

這問題讓宋熹公與胡媚兒停下動作，臉上雙雙浮現煎熬之色。

宋熹公奪回自己的手，搖搖頭沉聲道：「如果你弟對陰陽兩界都沒危害，那我當然不會動手，不過那是不可能的。我知道這對你來說很痛苦，但你還是早點覺悟，這對你和你弟都比較好。」

「我有覺悟——覺悟一定要讓阿芳恢復原狀。」

「那是不可能的事！你沒在聽我剛剛說的話嗎？逆轉魔化這種事你不管問神還是問鬼，他們統統會告訴你……」

「不可能辦到。」蒲松雅冷靜的接話，握著拳頭認真的道：「我知道，但是他們應該也認為，區區人類不可能吞噬千年老妖，吞下後也不會在十天內就魔人化吧？」

「是這樣沒錯，但那是因為你弟是兩界走，比較……」宋燾公突然頓住，由憤怒轉為驚愕問：「喂，你該不會打算……這太冒險了！我不能容許你這麼硬幹！」

「這是唯一，而且成功機率最高的方法。」

「明明是最危險兼不要命的辦法！」宋燾公拍著計畫書低吼。

荷二郎蹙眉附和道：「我也不贊成，這麼做風險太大了，萬一連你都賠上去，我怎麼向三兒交代？」

「不做的話，我無法對自己交代。」蒲松雅平緩但堅定的回應。

胡媚兒看看宋燾公、荷二郎和蒲松雅，掛著一臉問號問：「松雅先生打算做什麼？」

宋燾公以熄滅的菸頭指著蒲松雅，惱火的高聲道：「這傢伙打算模仿自己的弟弟，把蒲松芳身上的妖力吸到自己身上！」

「喔，原來是這……欸欸欸欸欸！」胡媚兒從椅子上跳起來，雙手扣上蒲松雅的肩膀，死命搖晃對方道：「不行不行不行這個絕對不行！松雅先生是普通人，沒辦法負荷那麼強大的妖力，你會死掉啊！」

蒲松雅被晃得腦袋發昏，緊急推開胡媚兒道：「普通人可能會，但我不是普通人，再說還有阿芳這個活例子在。」

荷二郎搖搖頭，罕見的露出嚴肅之色道：「小松芳和你的特性不同，你們雖然同是兩界走，但在氣的處理上他比你優秀，經驗也更充足。」

「我天資和練習上是不如阿芳，可是我有你們幫忙——如果你們願意的話。」蒲松雅望向三人。

胡媚兒立刻表態：「我不要幫松雅先生自殺！」

「我和小媚兒同意見。」荷二郎跟進。

「就算我們肯幫忙，你也成功的把妖氣吸過來，那又怎麼樣？」宋燾公反問，瞪著蒲松雅攤開左手道：「你弟在『本質』上已經改變了，吸走他身上的妖氣只是讓他從強大的魔人，變成半死不活的魔人，但他還是個魔人，這有什麼意義？」

「只是吸乾的話當然沒意義，但如果我能在吸乾同時，解除阿芳和妖氣的連結，他就有可能恢復原狀。」蒲松雅在宋燾公反駁前，抬起手放在自己的胸口道：「我的專長是開闢通道，而開道在某方面來說是在既有的物體上挖洞，假如這個洞挖得夠大，是有可能讓連結雙方的鍵結完全斷開。」

宋熹公被蒲松雅大膽的企圖嚇到，過了好一會才開口道：「理論上是可以，不過也只有理論上，而且這件事的難度跟拆化學鍵一樣，你得戴著顯微鏡用奈米刀割上千萬次。」

「問題不只如此。」荷二郎雙手抱胸，秀美的臉罩上黑影，「你吸過來的妖氣，和小松芳當初吸取的妖氣不一樣，那是已經充分適應兩界走軀殼的妖氣，同化你的速度會非常快，也許一天……不，大概只需要半天就能把你魔人化。」

「半、半天？」胡媚兒抓住蒲松雅的手，帶著淚光驚慌的道：「半天的時間不可能淨化千年老妖的妖氣啊！松雅先生還是放棄吧，你弟弟一定也不希望你為了救他，讓自己變成天庭地府的通緝犯。」

蒲松雅沉默不語，他在腦中設想過各種可能的質疑，卻沒想過會有魔化加速、淨化不及的危險。

——只能放棄了嗎？

蒲松雅咬牙問自己，理智告訴他「是」，可是感性告訴他「想都別想」！

「松雅先生……」胡媚兒蹲在蒲松雅面前，仰望一臉糾結的人類道：「弟弟是很重要，但是你也很重要，想想小金、小花、小黑還有我，我們都需要你。」

蒲松雅的雙手緊緊握起，垂著頭不發一語。放棄、才不要、放棄、才不要……兩種吼聲在腦袋中打架，就在他快被互斥的意念扯碎時，第三種聲音響起了。

——這是大悲水，能淨化、治病與安定心靈。

觀老太太溫潤的話聲洗去吼叫，將蒲松雅將拉鋸戰中帶出來。他抬起頭，心一橫問：「假如有在半日內淨化妖氣的手段，你們就會贊成我的計畫嗎？」

「不可能有啊！」胡媚兒垮下臉道。

荷二郎扶著額頭道：「小松雅，你這固執的牛脾氣啊……」

「如果有，我當然贊成。」宋燾公點起新菸，深吸一口無奈的道：「但可惜沒有，除非你能請到菩薩佛祖協助，不過以目前的狀況，天庭在替你轉交申請書前，就會先派天兵天將幹掉你弟。」

蒲松雅的肩膀震動一下，不過他很快就按下動搖，走到電腦桌右側的壁櫃前，打開櫃子拿出觀老太太送的大悲水，問：「這個可以嗎？這是大悲水，聽說有淨化和治病的效果。」

「那怎麼可……欸！」

宋熹公忘記自己要說什麼，直直盯著蒲松雅手中的寶特瓶。胡媚兒與荷二郎的反應和他相去不遠，前者張著嘴整個人傻住，後者則是驚訝到讓手中的扇子落地。

蒲松雅被三人的反應嚇著，不過他將此理解成自己拿出沒常識的東西，讓狐仙與城隍爺不知道該怎麼回應。

「不能用嗎？」蒲松雅掐著一絲希望問，看見三人仍保持石化狀態，將寶特瓶放回櫃子裡道：「抱歉，當我沒問過。」

荷二郎在蒲松雅關櫃門時回神，站起來快步走到他面前問：「小松雅，你老實告訴我，那瓶水是從哪來的？」

「書店的常客送的。」

「別跟我開玩笑！那可是……你跑去闖南天門還是普陀山？」

「我沒有，那兩個地方我連怎麼去都不知道！」蒲松雅後退兩步澄清道：「我在城隍廟附近的河堤碰到觀太太，她和我聊了一些，然後就送我這瓶水。」

「我想起來了！」胡媚兒站起來，手指蒲松雅與寶特瓶道：「先前小金告訴我，有人在松雅先生逃跑時，告訴牠和小花、小黑『主人需要援手』，我問牠是誰，牠說是天天到書店搬紙箱的老太太！」

「我X他的！」宋燾公仰頭吐出髒話，抹著臉低吼道：「我居然沒在進房時發現……蒲松雅你的靠山也太強悍吧！」

蒲松雅皺起雙眉困惑的問：「你們在說什麼？是和觀太太有關嗎？她只是普通的老太太，人很好，但沒什麼特別的。」

胡媚兒舉起右手，努力拉平臉上的錯愕道：「松雅先生，你手中的大悲水不是普通的大悲水，以那裡頭蘊含的法力來看，恐怕是直接從觀音菩薩的淨瓶裡倒出來的。」

「啊？」蒲松雅一臉茫然。

宋燾公受不了了，香菸一丟衝著蒲松雅大喊：「你遇到菩薩啦！沒錯，就是那個陽間人氣超旺，有千百個造形，號稱聞聲救苦的觀世音菩薩！」

「聞聲救苦……」

蒲松雅重複，想起觀老太太回答自己的話——我聽到蒲先生的呼救聲，所以就過來了。

「小松雅的貴人運……不，該說是神佛緣很好呢！」荷二郎拍拍陷於震驚的蒲松雅，轉頭望向宋燾公問：「宋先生，小松雅的計畫你是參加，還是不參加？」

宋燾公回瞪荷二郎，沉默片刻後心不甘情不願的道：「菩薩都加入了，我能躲嗎？」

「那就是參加囉！」荷二郎恢復笑靨，從蒲松雅手中取過寶特瓶道：「小松雅，雖然有觀音菩薩的支援，還是不能大意，為了讓整個計畫順利進行，你得做非常多的功課。」

「只要能救回阿芳，我什麼都願意做。」蒲松雅沉聲道。

「那就別浪費時間了。」宋燾公晃晃手中的計畫書道：「我負責『陷阱』的安排，胡媚兒當松雅的訓練師，老狐狸研究怎麼用大悲水蓋淨化陣，有人有意見嗎？」

胡媚兒指著自己問：「欸，我來訓練松雅先生？可是我比松雅先生笨啊！」

「白痴啊！是叫妳訓練他掌握自己的能力，還有一些基礎的護身術，又不是要妳去幫他上智商課。」宋燾公斜瞪胡媚兒一眼。

「但是……」胡媚兒絞著裙襬，不安的看向蒲松雅。

「我沒意見。」蒲松雅點頭，低下頭注視胡媚兒問：「妳不願意當我的老師嗎？」

「我、我我……」胡媚兒支支吾吾一陣，猛然九十度鞠躬道：「請多、請多多指教！」

蒲松雅瞪大眼睛，接著笑了出來，拍胡媚兒的頭，「那是我要說的話，妳這隻傻狐狸。」

第五章

年長組的孽緣

「嗶嗶嗶嗶——」

不鏽鋼水壺因沸騰而發出尖銳的鳴叫聲，水蒸氣與鳴聲在廚房中迴盪，驚動蹲在角落的聶小倩。

聶小倩站起身，左手挑開壺口的蓋子，右手將瓦斯爐關到最小，抬頭注視牆上的電子鐘，在代表「分」的黃色數字由六變九時熄滅爐火。她將水壺從爐子上挪開，放到碗裝泡麵的旁邊，注視著泡麵包裝上的「沖泡方式」，深吸一口氣撕開杯蓋。

「揭開杯蓋、拿出粉包與油包、撕開粉包與油包倒入碗中、注入滾燙的開水、蓋上蓋子靜待三分鐘、美味的蔥燒牛肉麵可以享用了。」

聶小倩一面複誦泡麵包裝上的說明，一面按照說明一一拉開圓形蓋子、拿出鋁灰色調味粉包、加入冒著白煙的滾水，最後以紫符將整碗麵包得嚴嚴密密。

她在心中從一數到一百八，才以指作剪劃破符咒，帶著筷子與熱騰騰的麵離開廚房。

聶小倩跨過客廳來到主人房前，房間的門沒有完全關上，她透過寬不足五公分的門縫窺見蒲松芳的背影，對方脫下外套坐在地上，頭顱一下一下顫動，看不出是在做什麼。

聶小倩微微蹙眉，沒有直接闖進房中查看，而是一如往常輕敲門板道：「松芳少爺，我是小倩，我可以進來嗎？」

門縫內的蒲松芳猛然直起腰桿，慌慌張張的抓起一大把衛生紙，邊擦身體邊吶喊：「等、等一下！小倩妳先別進來，我還沒準備好，再給我一分鐘做心理準備！」

聶小倩默默關上門，在門外站了三分多鐘，才等到蒲松芳來開門。

「對不起，讓妳久等了！」蒲松芳衣裝凌亂的握著門把，他聞到泡麵的香味，低下頭驚喜的道：「喔好香，這是給我的宵夜，還是小倩自己要吃的？」

聶小倩將麵往前遞，「是松芳少爺的。我是鬼，鬼不用進食。」

「妳是不用進食，又不是不能進食，人生在世的樂趣就是吃好吃的、看好看的、玩有趣的，不吃就少掉三分之一的快樂啊！」

「我是鬼，沒有人生。」

「那改成鬼生。」蒲松芳接下泡麵，轉身走入房內道：「好了好了，再站下去麵都要爛掉啦，這可是小倩泡給我的愛心泡麵，不能等到變麵糊才吃。」

聶小倩跟在蒲松芳身後進房，她快步走到房間中央的玻璃三角桌邊，將桌面上的遊戲光碟盒、空零食袋、雜誌、漫畫……諸如此類的雜物挪到一旁的矮櫃或垃圾桶中，再把翻倒的椅子扶正。

蒲松芳坐上椅子，他把泡麵放到桌上，舉起手伸懶腰，袖子在手臂伸展時往後退，露出藏在下面的齒痕。聶小倩瞧見齒痕，她的眼瞳微微放大，短短的抽了一口氣。

蒲松芳的手停在半空中，仰頭順著聶小倩的視線看去，嘴角浮現苦惱的笑容道：「糟糕！把不能曝露的東西曝露了，我該如何封住小倩的嘴巴？」

聶小倩沒有回應蒲松芳的玩笑話，她直直盯著咬痕，以冷淡平板但帶有幾分急促的口氣問：「這是松芳少爺自己咬的嗎？」

「是啊，而且是五分鐘前才製造完成，熱騰騰剛出爐的痕跡。」

蒲松芳放下手臂，指著矮櫃上的殭屍遊戲光碟道：「我在玩遊戲時，看遊戲裡的殭屍那麼熱衷於咬人，忽然好奇起人肉的味道，所以就捲起袖子咬咬看。」

聶小倩低垂的手縮起半公分，認真嚴肅的道：「松芳少爺，如果您想嚐人肉，我能替您弄來，請不要自殘。」

蒲松芳愣住，盯著聶小倩許久才笑出來道：「小倩妳的反應真是……普通人的反應應該是『哇啊好可怕』、『警察杯杯就是這個人』、『完了完了要變殭屍了』，哪有人會說『想吃嗎？小倩抓給你』……太奇怪了啦！」

「我不是普通人。」

「小倩當然不是普通人，小倩是美麗又危險的人。」

蒲松芳聳聳肩膀，他拿起麵碗旁的筷子，停頓幾秒輕聲道：「小倩，這陣子辛苦妳了，能和妳交上朋友，是我在父母過世後最高興的事。」

「……」

「如果沒有妳，我一定沒辦法完成自己的心願，小倩妳簡直是我的哆啦A夢，能認識妳真是太好了。」

「……」

「所以假如我變成什麼奇怪、會傷害妳的東西，妳不用猶豫或客氣，直接打飛我，因為妳和阿雅是這世上我最不願意傷害的兩個人。」

聶小倩的嘴脣動了動，凝視蒲松芳的側臉許久，吐出不相干的話語：「松芳少爺，麵要爛掉了。」

「麵……啊啊！我忘記還有愛心泡麵！」蒲松芳緊急掀開泡麵的蓋子，攪動膨脹的麵條哀號道：「糟糕糟糕糟糕，泡了這麼久，麵都要成麵糊了啊！是不是要先把湯喝掉？但是湯……湯也沒剩多少了啊啊啊！」

聶小倩在蒲松芳哀號時後退，她動手整理凌亂的房間，將物品從四散各處的狀態，集中成垃圾一堆、書一堆、遊戲一堆、無法分類的一堆。她在收拾途中瞧見落在地上的報紙，視線在掃過報上的照片時停住，拿起報紙快步走回三角桌邊。

蒲松芳聽見一旁急促的腳步聲，偏過頭瞧見聶小倩奔向自己，他夾起在麵中撈到的油包笑道：「小倩，妳忘記油包的存在啦，難怪我覺得這碗麵異常清爽。」

「松芳少爺，請看這個。」聶小倩將報紙放到三角桌上，然後抓起筷子上的油包扔進垃圾桶中。

蒲松芳低頭看報紙，聶小倩拿來的是社會版，版上面積最大的新聞是講述北市某間別墅遭不明人士破門洗劫，入侵者擄走屋主，並用黑色噴漆留下諸如「有膽就報警抓我」、「全國通緝超爽的」、「電視沒播就撕票」的挑釁字眼後，開著屋主的車子離去。

不過，如此誇張的行徑不是吸引聶小倩注意的主因，讓她急著要蒲松芳看報導的原因是版面中央，為了協尋屋主而放出的大頭照與生活照。

「……蒲湘雄。」蒲松芳唸出照片主人的名字，收緊手指掐皺報紙。他收起笑容，冷聲道：「小倩，打開電視轉到新聞臺。」

聶小倩環顧房間尋找遙控器，在瞧見灰色遙控器後射出白綾，在捲起目標的同時按壓電源鍵。房間最左端的電視立刻打開，連跳幾臺後來到新聞臺，女主播正巧在報導這起強盜擄人案。

「蒲姓屋主從事進出口業，家境富裕、為人海派，時常招待親友同事或客戶到家中作客。周圍鄰居與蒲姓屋主的親戚表示，屋主平日待人和善客氣，不像是會與人結怨的類型。」

「對於綁匪將蒲姓屋主的照片寄到電視臺、報社與轄區派出所的行為，老師您怎麼看？」

「警方已找到蒲姓屋主遭竊的車輛，鑑識小組正在採集車上的跡證。」

「綁匪極有可能逃往基隆，請居住在基隆的民眾若是發現可疑人物……」

關於擄人案的採訪、分析和模擬畫面不斷在電視上播放，記者略顯誇張的表情、家屬哭喪的臉，與專家名嘴的嚴肅臉孔在畫面上交錯出現，電視兩側與下方的跑馬燈也全是相關快訊，彷彿全臺灣都只剩下這則新聞可報可討論。

不過對蒲松芳而言，他的世界的確只剩這一條新聞，眼睛、耳朵與頭腦全都固定在電視畫面上，淡紅色妖氣從褲管與袖口飄出，顯示著當事人陷入多麼憤怒與焦急的境界。

聶小倩知道蒲松芳在怒與急什麼，她闔上雙眼將意志投向自己所設的追蹤術法，探查蒲湘雄的氣息與位置道：「蒲湘雄還活著，正在移動中。」

「往哪移動？」蒲松芳扭頭問。

「南方……轉到東方了，不，又往北去。」聶小倩雙眉微蹙，臉上浮現淡淡的困惑之色道：「方向一直換，移動速度很快，人可能在車上。」

「能用遁地術堵到他嗎？」

聶小倩張開眼瞳搖頭道：「很難，他離我們約一百公里，移動速度八十公里，這個距離用遁地術需要花三分鐘，當我們到達時，蒲湘雄已經在兩到三公里外。」

「混蛋！」蒲松芳怒罵，握拳捶向桌子，三角桌承受不了敲擊的力道碎裂，桌上的泡麵也翻倒在蒲松芳的腿與地上。

聶小倩化出白綾清理蒲松芳的褲子，仰起頭注視惱怒的主人道：「只要他停下來超過三分鐘，我馬上就能追上。」

「那隻裝箱雄一停止前進，我們就立刻過去。」蒲松芳遠遠瞪著電視中的畫面，握拳咬牙低語：「那是我的獵物，是我特別留到最後的佳餚，怎麼能讓亂七八糟的傢伙搶走！」

聶小倩捧起沾滿湯與麵條的白綾，離開房間進入廁所，將綾布拋入按摩浴缸內，拿起蓮蓬頭沖洗。她懷疑這起綁架事件是精心安排的騙局，目的是引誘自己與蒲松芳自投羅網，因此應該先觀望，再視情況考慮是否要去找蒲湘雄。

但這是不可能的，聶小倩熟知蒲松芳的性格，她的主人一旦決定就不會更改，且即使知道前方是陷阱，也不會有所退卻。

而聶小倩也是，只要下令者是蒲松芳時，她會和自己的主人同進同退。

「我……會保護松芳少爺。」

聶小倩握緊蓮蓬頭，蒼白的面容下流轉著熾熱的情緒，以及遇神殺神、遇佛殺佛的決心。

▼※▲▼※▲▼※▲▼※▲

當聶小倩將泡麵送進蒲松芳的房間時，蒲松雅正乘坐著七人座休旅車，在蜿蜒的產業道路上急馳。俄羅斯車廠出產的鋼鐵巨獸輕鬆輾過起伏不定的黃沙路，以和外表不相符的靈活轉彎，在眨眼間就從產業道路轉入省道。

蒲松雅不是車上唯一的乘客，他的前方有擔任駕駛的謝平安、副駕駛座上有使用筆記型電腦的宋燾正，左手邊坐著范無救，後方則是胡媚兒。此時，狐仙雙目微閉手結法印，專心探查蒲湘雄身上的法術。

沒錯，新聞中遭殘暴匪徒擄走的蒲湘雄也在這輛車上，而他為什麼會在這裡，原因非常簡單——蒲松雅等人就是報導中的「殘暴匪徒」。

嚴格說起來，「匪徒」就是城隍府的眾鬼差們。他們在三個多小時前，以蒙面歹徒之姿闖入蒲湘雄位於市郊的別墅，將屋內的女眾和小孩綁起來關到三樓，然後在一樓客廳就地痛毆蒲湘雄與錄影，將人綁成粽子塞進車庫中的轎車裡。

鬼差兵分兩路，一路將剛出爐的錄影、挑釁書和照片送到各大電視臺與報社；另一路則是載著蒲湘雄開上高速公路，和蒲松雅、胡媚兒、宋燾正三人會合。

蒲松雅原想和鬼差一同襲擊蒲湘雄家，不過他的請求被宋燾公嚴正拒絕，理由是萬一留下什麼蛛絲馬跡，讓警方查到他頭上就麻煩了，不如派已經死透的鬼差擄人，如此一來不管是掉頭髮、噴血液或留指紋，警察統統追蹤不到「活著的」嫌犯。

「這樣警方不會頭痛嗎？」蒲松雅皺眉，問著身為前刑警、現任城隍爺的宋燾公。

宋燾公不在乎的聳肩道：「一開始會，但只要之後有好好找人，就不用擔心了。」

「找人？」

「找一個合情合理，能滿足大眾和上級需要的替死鬼。」宋燾公吸一口菸，露出尖銳如鯊魚的笑容道：「我有非常適合的『凶手』人選，好好期待吧。」

蒲松雅的背脊一陣惡寒，基於自身安全決定不追問，將話題拉回雙方會合後該注意的細節上。

事後證明，宋燾公的人力、鬼力分派十分正確。

當蒲松雅在交流道旁，看見范無救將自家大伯從轎車中拖出來時，他對蒲湘雄臉上身上的傷之精準——痛得要命卻不傷及性命，以及綑綁的繩索之藝術——從脖子綁到大腿的龜甲縛，留下非常深刻的印象。

專業人士就是專業人士，像他這種市井小民還是別搶他們的工作。

「嗚、嗚啊……」

斷斷續續的呻吟聲將蒲松雅拉回現實，他轉頭朝聲音源看去，瞧見蒲湘雄緩緩抬起紅腫瘀青的臉，迷迷糊糊的看向前方。

蒲湘雄的視線停在蒲松雅的臉上，在認出對方的同時，回憶起自己昏迷前的事。

「啊啊、啊！你你你居然！」蒲湘雄瞪著姪子的臉，抖著身體大吼：「居然僱人來綁架我！忘恩負義的小鬼頭，我當初就不該……噗嚕！」

胡媚兒維持結法印的姿勢，抬起手肘撞向蒲湘雄的臉頰問：「松雅先生，我可以揍這個人嗎？」

「妳都動手，還問我做什麼？」蒲松雅在胡媚兒做出第二擊前伸手壓住她的手臂，「妳現在的工作是轉移他身上的探查術，不是把人打成豬頭，要揍人等任務完成再來。」

「是……」胡媚兒嘟起嘴，心不甘情不願的放下手肘。

蒲湘雄垂下頭猛咳嗽，休息了好一會才抖著聲音道：「夥同、夥同你的女人下手嗎？真是不錯啊，那些襲擊我家的人也是這女人找來的吧？靠她那雙修長的美……噗嚕嚕嚕！」

「敢侮辱小媚，看范爺怎麼拆了你的骨頭餵狗！」范無救將令牌捅進蒲湘雄的嘴裡。

蒲松雅垂下肩膀，帶著幾分無奈道：「別在作戰開始前，就把餌打死啊……」

「我有控制力道。」胡媚兒強調。

「這種厚臉皮、不知羞恥的人生命力都超強的，沒那麼容易死啦！」范無救冷笑，反手再用令牌賞蒲湘雄兩巴掌。

「好了好了，再打下去人會腦震盪。」

蒲松雅抓住范無救，將黑無常的手拉回來，也同時和蒲湘雄對上視線。

蒲湘雄沒有說話，但是他的臉上盡是怨恨，眼瞳中不見任何一絲反省，反而毫不掩飾的射出責難。

蒲松雅沉默回視，壓在真皮座椅上的手慢慢握拳。他在決定挑蒲湘雄當誘餌時，曾經在腦內設想過對方的反應，可能是恐懼，也許有錯愕或怒火中燒，最不可能的是悔悟。

然而，蒲松雅沒想過蒲湘雄會擺出全然的受害者嘴臉，他本以為多少能找到一點錯愕和恍然大悟，結果錯愕是有一絲絲，恍然大悟卻完全沒有。仔細想想，這也不是多意外的發展，畢竟他最不能忍受的一點，就是這個人明明是騙光兄弟家產的主謀，卻老是擺出一副好好先生、我沒有欺負你我是照顧你的嘴臉。

拜此之賜，蒲松雅的憤恨在旁人眼中全成了無理取鬧，甚至有人反過來勸說「你也該和大伯和好了吧」，迫使他心一橫與過去的親戚朋友斷絕來往。

過去光是回想這段經歷，蒲松雅就會痛苦到不能呼吸，如今他近距離盯著始作俑者的臉龐，心中卻只有漠然。

不知何時、何因之故，昔日的仇敵已經無法支配他的情緒了。

蒲松雅輕輕吸一口氣，以連自己都驚訝的平靜語氣道：「我這麼說大概不能讓你好過一些，但我還是要告訴你，我不是為了報復、嫉妒或任何針對你個人而發的情緒，將你從家裡綁出來。」

蒲湘雄先愣住，接著迅速扭曲臉龐問：「那你是為什麼綁我？好玩？有趣？心血來潮？都快三十歲的人了，還做出這麼幼稚的舉動！」

「我綁你，是要你當餌引阿芳過來。」

蒲松雅瞧見蒲湘雄的肩膀顫動一下，點頭呼應對方的猜測：「是的，這陣子襲擊你的合作者的人是阿芳，不過他不是死而復生，他一直都活著。」

蒲湘雄張開嘴巴，傻住了好一會才甩頭道：「怎、怎麼可能！烏夫人明明說過會把那小鬼處理掉……呃！」

「你用不著掩飾，關於你和烏金華的交易，我全都知道了。」

蒲松雅回想著自己從筆錄與參冊節錄中看到的內容，他的臉色轉沉，不過隨即收起情緒道：「你不用問我是怎麼知道的，我不會解釋，那也不是我的重點。」

「不是重點？」

「你過去做了多少殺人放火、謀財害命的事，我都不想管，也沒時間管，若非你是絕對能讓阿芳上鉤的餌，我一點也不想和你有任何接觸。」

蒲湘雄整個人傻住，看著蒲松雅久久不能言語。

蒲松雅將身體轉回正面，靠上椅背注視擋風玻璃外的道路，緩緩說著：「所以我對你的要求很簡單——安靜的待著，等阿芳來了後，我們就會把你放回去。」

「……」

蒲松雅繼續冷淡道：「我勸你別動逃跑的念頭，我不會對你動粗，但假如有人想打斷你的腿，我也不會阻止。」

蒲湘雄的臉色刷白，再猛然轉為赤紅色，扯著嗓子大喊道：「你、你以為這樣算了嗎？不可能！黑道、白道的人我都認識，立委、議員也都是我的拜把兄弟，你敢動我一隻手指頭，他們會讓你嚐到地獄的滋味！」

「地獄的滋味我老早就嚐過了。」蒲松雅指指謝平安和范無救道：「這兩位正巧在地獄工作，你要是想談地獄，他們可以和你聊很多。」

范無救冷哼一聲道：「老子和這種人渣沒什麼好聊的！」

謝平安輕笑道：「的確如此，畢竟對付湘雄先生這類的人，『談』地獄不如『下』地獄有效。」

蒲湘雄的臉頰抽動兩下，滿目血絲的怒吼：「我不是在跟你說笑話！警察很快就會查到你頭上，我的家人會告訴他們，你一直懷恨在……」

「鄰居與蒲姓屋主的親戚表示，屋主平日待人和善客氣，不像是會與人結怨的類型……」記者的陳述聲在休旅車內迴盪，宋燾正將筆記型電腦的喇叭音量開到最大，轉過頭看著呆掉的蒲湘雄，勾起嘴角輕輕「呵」了一聲。

范無救拍著肚子大笑：「你家人的腦袋不夠靈光呢！需要老子借你手機，讓你傳密碼暗示他們是誰和你有仇嗎？」

「我、我……」

「來了！」胡媚兒忽然大叫，閉上眼緊繃著臉道：「這人渣身上的法術有動靜……是在探查生命跡象嗎？啊，在查人在哪裡了！」

「謝先生！」蒲松雅朝駕駛座呼喊，謝平安立刻踩下油門，連續轉動方向盤，讓休旅車前前後後掉頭、轉向數次。

而在車輪快磨出白煙時，胡媚兒睜開眼瞳，快速唸出一串凡人無法辨識的言語，一手結印、一手抽出人形黃符，重重拍上蒲湘雄的額頭。人形符貼上蒲湘雄的皮膚，靜止片刻後由黃轉紅，抖動一下便脫離人類的頭，從半開的車窗飛出去。

胡媚兒舉起雙手歡呼道：「耶！探查術轉移完畢！現在追蹤的標的已經從人渣變成我的符了！」

蒲松雅鬆目送人形符飛遠，放下心道：「別讓符飛太快或太高，要不然對方可能會發現法術轉移了。」

「安心吧，我的控符能力可是府洞內的前五名，不會犯下那種低級錯誤。」胡媚兒拍拍胸膛，睜著閃閃發亮的眼睛道：「不過松雅先生好厲害啊！在抓到蒲湘雄之前，你就猜到對方身上會有探查或追蹤類的法術。」

「我只是動一下腦袋而已。」蒲松雅轉開頭道：「阿芳那邊只有兩個人，復仇對象卻超過兩位數，要掌握這麼多對象的行蹤與位置，不可能靠人力追蹤，唯一的辦法是在目標身上放發信器，或是類似能力的術法。」

「光靠動腦袋就知道，松雅先生超厲害！」

「這哪裡厲害了啊！」

蒲松雅戳胡媚兒的額頭一下，看一旁的蒲湘雄垂著頭毫無反應，正想要狐仙去探探對方的氣息時，車子忽然減速，將他的注意力拉回前方。

休旅車前是一排同樣減速行駛的車輛，而讓這些車子排隊慢慢走的原因，是設在路口的警察臨檢站。

蒲松雅靠近駕駛座問：「要不要繞道？」

「現在繞道太晚了。」謝平安瞄向後視鏡，凝視鏡子中被狐仙拍昏的蒲湘雄，露出微笑道：「不如趁這個機會，讓某人相信我和無救真的是地獄來的人。」

蒲松雅愣了一會，在理解白無常的企圖後苦笑道：「你意外的壞心眼啊……」

「你誤會了，我只是想用事實說服他。」

謝平安邊說邊跟上前頭轎車的屁股，緩緩開向臨檢站。

蒲湘雄在警察敲車窗時甦醒，他聽見某人說出「酒測」、「出示證件」，昏眩的腦袋猛然清醒，衝著窗外的警察大喊：「救、救命啊——」

謝平安無視喊叫聲，朝警察亮出自己的令牌問：「駕照就可以了嗎？」

警察看了形狀、大小、顏色、材質都和駕照有極大差距的牌子一眼，點點頭道：「你可以收起來了，接下來請對酒測儀吹氣。」

蒲湘雄沒料到警察會連看都不看自己，只能拚命吶喊：「喂！你沒聽到我的聲音嗎？看看我啊，我被綁起來了！」

「要吹幾秒？」

「一口氣的長度，至少五秒。」

「別管酒測了啊！」蒲湘雄尖聲怒吼，用身體一下一下撞擊前座呼喊：「我被綁架了啊！被這群惡徒綁架、毆打和威脅啊！快點把這群人抓起來！」

「酒測值……零，謝謝合作，你可以走了。」警察後退。

「好，工作辛苦了。」謝平安點點頭，踏下油門離開臨檢站。

蒲湘雄眼睜睜看著救命機會遠走，瞪向謝平安惱怒的問：「那個警察認識你？還是你賄賂他？你到底是什麼來頭！」

「你姪子剛剛不是告訴過你了嗎？我是在地獄工作，也從地獄所來。」

謝平安一百八十度轉頭，膚色在頭部轉動時跟著轉白，吐出鮮紅長舌微笑道：「在下謝平安，也有人喊我七爺、竹爺或白無常，是城隍廟的鬼捕快。」

蒲湘雄盯著又紅又長還微微顫動的舌頭，沉默片刻後兩眼往上翻，昏死在真皮座椅上。

蒲松雅、胡媚兒、宋燾正和范無救看了看昏迷吐泡泡的蒲湘雄，再轉過頭沉默的注視謝平安。

「……抱歉，我好像做過頭了。」

▼※▲▼※▲▼※▲▼※▲

蒲湘雄被謝平安這麼一嚇，不管胡媚兒與范無救怎麼戳、怎麼拍，他都毫無反應。

蒲松雅倒享受蒲湘雄的沉默，他請宋燾正用電腦播放即時新聞，看著記者採訪蒲家親戚、學者專家討論綁匪的心理狀態。

休旅車在眾人看新聞時繼續前進，於三個多小時的車程後進入南投山區，沿著狹窄蜿蜒的一線道上山，前往被森林與木籬笆環繞的別墅前。

當休旅車駛入籬笆內時，太陽也從地平線探出頭，稀薄的晨暉將雲朵染金，照亮等候多時的阿菊。休旅車一停下，阿菊就主動上前打開車門道：「諸位辛苦了，餐點、熱水和床鋪都準備好了，你們想先用哪個？」

「我要吃飯！」胡媚兒一秒回答。

「我想先沖澡。」蒲松雅跳下車，抬頭注視三層樓高的別墅。

別墅的尖頂鮮紅如石榴，鵝黃色的牆壁柔和平整，木紋十字窗與門扉以金屬環釦裝飾，配上周圍精心修剪的花圃、天鵝造形的雪色噴水池，給人置身童話故事場景的感覺。

蒲松雅皺眉，露出困惑之色問：「我記得我們上週來勘查地形時，這裡還是……」

「廢墟。」宋燾公的聲音從蒲松雅背後響起，城隍爺不知何時附上弟弟的身體，摘下眼鏡道：「將廢棄房舍變成豪宅是狐仙的拿手好戲，他們最愛用這招騙窮書生、迷路登山客或好色豬頭，然後餵這些人一堆泥巴食物。」

「宋先生，這間屋子裡可沒有任何泥巴食物喔。」荷二郎從二樓窗口探出頭，朝底下揮動手臂道：「別站在外面了，快進來，要不然食物和洗澡水都要涼了。」

眾人走進別墅中，胡媚兒、黑白無常和阿菊前往餐廳，蒲松雅則朝浴室走。

蒲松雅在淋浴間中待了約十五分鐘，當他頂著毛巾走出浴室時，一樓已經被灼熱的交談所籠罩。

「我的包子啊啊啊啊——」

胡媚兒跳起來撲向范無救，與黑無常經過一番纏鬥後，搶下對方手中的肉包。范無救不甘示弱，伸出左手假裝要奪走包子，實際上卻是以右手偷襲胡媚兒盤中的飯糰。

「嚐嚐老子的抓飯無影手！」

「住手——」胡媚兒尖叫，她緊急將包子塞進嘴中，空出手保衛飯糰。

謝平安端著鹹粥，看著兩人在地上翻滾，皺皺眉無奈的道：「飯糰和包子都還有，你們這是何必呢？」

「搶來的菜比端來的魚美味啊！」范無救抬頭回答。

「呼嚕嗚嚕嗚嗚嗚嚕嚕（誰也別想搶走我的飯）！」胡媚兒含著包子叫囂。

「你們兩個……」

謝平安垮下肩膀，眼角餘光瞄到蒲松雅，轉向人類苦笑道：「抱歉，嚇到你了嗎？」

蒲松雅搖搖頭，他走到擺滿中式早點的大圓桌邊，看著桌子另一端的包子饅頭爭奪戰，忍不住靠近謝平安問：「黑無常平常也這麼……熱情奔放嗎？」

謝平安苦笑道：「他是很愛玩愛鬧，但僅限平時，他工作時可是非常成熟老練。」

蒲松雅拿起碗盛粥，同時望向左右問：「燾公和老闆呢？」

「二郎大人在地下室檢查法陣，待會就會上來；燾公大人則是在書房裡，東嶽那邊有人找他。」

「東嶽……」蒲松雅舀粥的動作停頓，驟然鬆開湯勺，扣住謝平安的肩膀問：「阿芳變成魔人的事該不會曝露了吧？」

謝平安愣了下，「只是單純的聯絡，不用想太……」

「曝露了。」宋燾公截斷屬下的安撫，他走到謝平安左手邊的空位坐下，一手拿起水煎包道：「炳靈公，也就是大帝的兒子兼首席副官，看到電視新聞後直覺是我們在搞鬼，所以打電話來問我在幹什麼，我就全講了。」

蒲松雅的腦袋空白三秒，雙手拍上桌子錯愕的問：「你怎麼能講出去！萬一天庭那邊知道了……嗚！」

宋燾公抬起右手用手指彈蒲松雅的額頭，看著對方跌回椅子上，「冷靜點，我會告訴炳靈公，原因之一是他很聰明，就算我不說，自己也能猜到六、七分；之二則是他的口風也夠緊，只要能說服他保密，那麼天庭那邊不只不會知道，還能獲得一個潛在援軍。」

「炳靈公大人答應保密？」謝平安問。

「答應了，只要我們能在三天內搞定。」

宋燾公看見胡媚兒與范無救還在地上打滾，抓起桌上的紙巾揉成一團扔過去喊道：「你們兩個在鬧什麼啊！飯是坐在椅子上吃，不是躺在地上嚼。」

狐仙與黑無常趕緊爬起來，一個拉平衣服坐到上司身邊，另一個抓著自己的包子飯糰躲到蒲松雅身旁。

蒲松雅輕拍胡媚兒的肩膀要對方放鬆，抬頭看牆上的時鐘問：「老闆在下面待太久了吧？加上我洗澡的時間，他已經離開四十分鐘了。」

「是『才』四十分鐘。」宋燾公糾正，端起黑咖啡道：「整治那種人四十分鐘哪夠？更何況二郎要找那傢伙算的帳和玉山一樣高，至少要一個半小時才會上來。」

蒲松雅皺眉問：「老闆不是下去看法陣的狀態嗎？怎麼變成整治人了？」

「他是啊！一邊看法陣、一邊揍混球。」宋燾公瞄了蒲松雅一眼，蹺起腳輕笑道：「別擔心，他知道分寸，頂多打斷對方一、兩條腿或手，送對方幾個精神創傷，不會傷及誘餌的性命。」

蒲松雅的臉色轉白，想去地下室看看狀況，但最後還是作罷。

蒲松雅等人邊吃飯邊交換情報、確認彼此負責的部分，也打開電視從晨間新聞了解警方的偵辦進度。在同時做三件事的影響下，這頓早飯吃了將近兩小時才結束。

荷二郎在早餐會結束前五分鐘進入餐廳，他袖子捲在手肘上，頭髮有些凌亂，不過笑容卻異常燦爛。這讓所有人——包含宋燾公在內，都很識相的保持沉默，不去問九尾天狐在地下室幹了什麼。

在吃完早點後，眾人沒有就戰鬥位置，反而就地解散上床睡覺。

這是蒲松雅作戰計畫的一環，他不打算在到達別墅後立刻引弟弟過來，這樣過於緊迫不說，我方的人員也太疲倦，無法以萬全之態應戰。

誘捕作戰定在十小時後，十小時的時間足夠他們休息與多做幾次沙盤推演，也能讓蒲松芳與聶小倩的精神更加緊繃，增加出錯或誤判的機率。

可惜，計畫與現實總是會有差距，而蒲松雅正遇上了某種小、但是令人頭痛的「差距」。

「……睡不著。」

蒲松雅以手臂遮著眼睛，他躺在別墅二樓的客房中，身下是柔軟蓬鬆的床墊，身上蓋著帶有太陽氣味的薄被，深藍色的窗簾擋住外頭的陽光，空調系統將室溫維持在舒適的二十四度，角落還點著有安神效果的薰香。

這是一間舒適、催人入眠的房間，但是蒲松雅在這間房中躺了五個多小時，卻一點睡意都沒有。他不是不累，相反的，這一週以來他每天忙得昏天暗地，更何況在躺上這張床之前，他已經超過二十四小時沒闔眼。

總之，不管是環境、個人狀態或作戰需要，蒲松雅此刻都該睡得不醒人事，而不是輾轉反側，越躺腦袋越清醒。

——這樣下子不行啊！

蒲松雅掀開棉被，在床上呆坐片刻後決定下床去散步，看看能不能藉此消耗體力激發睡意。他披上薄外套，輕手輕腳的打開房門，走過胡媚兒、宋燾正和黑白無常的房間，赤腳走到一樓才穿上鞋子，推開大門進入庭院。

正午的太陽照耀著紅花綠樹，陽光雖然明亮，可是並不會讓人感到炎熱，因為此處不只海拔高，還充滿散發能芬多精與吸熱的植物。

蒲松雅在庭院漫步，他在繞到別墅後方時，發現籬笆外有一座白石涼亭，在好奇之下翻過籬笆來到亭子前。

「你不去睡覺，站在這裡幹什麼？」

宋燾公的聲音猛然在蒲松雅腦中響起，他愣了一會，本能的往後看，看見別墅、看見樹林、看見樹上的小鳥，但就是沒看到城隍爺。

「我現在是靈體狀態。」宋燾公主動解答，飄進涼亭道：「小正需要休息，所以我沒上他的身。」

「那你不需要休息嗎？」蒲松雅問，踏進涼亭挑了張比較乾淨的石椅子坐下。

「我現在就是在休息，你沒看到我開省電模式嗎？」

「我什麼都沒看到。」蒲松雅吐出雙關語回答。他向後靠上亭柱，仰望掛在樹冠上的太陽，沉默許久才低聲問：「你覺得這計畫成功的機率有多高？」

「百分之百。」

「這麼有信心？」

「不是有信心，而是沒退路。」宋焘公的話聲轉沉：「能打出的牌、可以押的賭注都全上了，要是不成功還得了？一定得成功，否則我們就全玩完了。」

「我也這麼覺得，但是……」蒲松雅握緊拳頭，深吸一口氣輕聲道：「越接近最後一步，我就越不安，腦袋裡盡是萬一阿芳不過來，或是他來了但是我奪氣失敗，或是我奪氣成功可是淨化失敗……諸如此類的可怕假想。」

宋焘公冷哼一聲道：「然後你就失眠了嗎？你是哪來的小學生啊？都幾歲的人了，別再被想像中的怪獸嚇到睡不著覺。」

「我也覺得自己挺不成熟的。」蒲松雅垂下頭苦笑。

宋焘公沒有回話，他飄浮在蒲松雅的斜後方，凝視人類的側臉片刻，收回視線注視別墅道：「我在知道自己的死期後，就和交往七年的護士女友解除婚約了。」

「欸？」蒲松雅抬頭，不懂對方為什麼忽然說起別的事。

「這有什麼好驚訝？」宋燾公用念力拍蒲松雅的頭一下，雙手扠腰道：「都知道自己夭壽定了，還去浪費別人的時間，這種自私自利的鬼事我才不幹！」

「不，我不是驚訝這個。」

「什麼？」宋燾公斜眼瞪蒲松雅。

「……沒事。」蒲松雅閉上嘴，他覺得自己的背脊隱隱發寒，彷彿有什麼人拿了根冰椎插在上頭。

宋燾公收回視線，遙望弟弟房間的窗口道：「我在和女友分手後，把全部的心力都放在工作和存錢上。我只剩下九年的時間，這九年我除了老媽的醫藥費、生活費和未來的喪葬費外，還要替小正存學費與生活費，以免他在我走了之後流落街頭。」

「……」

「總之，我完全變成工作狂了，雖然我本來就是。上級對我又愛又恨，愛的是我讓他們的績效相當漂亮，恨的是我對於自己該拿的獎金一分也不讓給他們。」

宋燾公回想上司扭曲的嘴臉，先勾起嘴角，再驟然收起笑容道：「不過被我追著跑的黑道、毒梟和賭場老闆就只有恨，沒有愛了。他們懸賞、恐嚇、放消息要我好看，也更加緊密的合作逃避追查，導致搜查工作陷入瓶頸，直到我透過關係認識某個花名在外的情報販子，情況才好轉。」

「老闆？」

「就是他。你老闆的主業是天仙，副業是地產大亨，興趣是蒐集與販賣八卦。」

宋熹公繼續說下去：「他提供警方很多寶貴的情報，代價是我們得找人陪他喝酒、賞花、玩撲克牌，而這個工作通常是落到我頭上，因為我是組裡最能喝的一個。」

「那真是辛苦你了。」

「還好啦，畢竟我自己也愛喝，而且……」

宋熹公抿起嘴，停頓了好一會才接續道：「我很快就愛上他了。」

蒲松雅整個人僵住，靜默五、六秒後跳起來大喊：「什、什麼！」

「我說我被那隻千年老狐狸迷住了啦！」宋熹公以同等的音量，在蒲松雅腦內自暴自棄的大喊：「別問我喜歡他哪裡，我只知道我一回神，就發現自己滿腦子都是那混蛋！」

「但是……但是老闆是男的啊！雖然比女人還漂亮，但還是男的啊！」

「他在和我接觸時是女的！」宋熹公別開頭，雙手抱胸瞪著亭柱道：「當然，我沒蠢到去向他告白，只是盡可能和他保持安全距離，祈禱同事和那傢伙別發現我腦袋裡在想什麼。」

「但你還是被看穿了？」

「是啊！但看穿我的人不是他，也不是我的同事，是毒梟。」宋熹公垂下眼，話聲轉為冷硬：「刑事局接到匿名檢舉，說西門町某棟大樓內有毒品交易，我們趕過去後發現那裡沒有毒品，只有炸彈和兩個人質──那群人渣抓了我的前女友和二郎。」

「老闆怎麼會被抓？」

「他得維持基本的人類形象，再加上好奇毒梟在玩什麼把戲，所以就陪對方玩了。」

宋熹公右手握拳道：「那棟大樓有十五層樓，我的前女友被關在四樓，二郎在七樓，我先找到前女友，不過第一波炸藥也同時引爆，炸斷我前女友的腳。」

蒲松雅倒抽一口氣，但沒有打斷宋熹公。

「我用衣服和警棍做止血帶，但做的時候樓上又爆了一次，這讓我非常焦慮。前女友看出我在擔心上面的人，說她是資深護士，能照顧自己，要我把她放著，先上去救另外一名人質。我接受她的建議，以無線電聯絡其他人後，就直奔七樓去救二郎，在他椅子下的炸藥爆炸前半分鐘，解開繩索把人扛走。」

宋燾公再次停下話，靜默了比先前更長的時間後，閉上雙眼輕聲道：「當我們下來時，我的同事告訴我，我的前女友失血過多身亡了。」

蒲松雅雙眼圓瞪問：「你不是有替她綁止血帶嗎？」

「我是有，但綁得不夠緊──我當時分心了。」宋燾公苦澀的笑了笑，從半空中降到地上道：「這件事過了一個月之後，我『赴任』的時間到了，那時我才知道其實二郎根本不需要人救。因為我的感情用事，害死了一個好女人，讓一個千年狐仙看笑話。」

「……」

「你先前在城隍府的重刑犯羈押區，說過你覺得我和二郎的關係沒有看起來糟糕，對吧？」宋燾公聳聳肩膀，仰望涼亭的亭頂道：「你的觀察沒錯，我不知道二郎是怎麼想的，但我沒有嘴巴上說得那麼厭惡他。」

「既然不討厭，為什麼要一直找他吵架？」

「因為我希望自己能討厭他。」

「那你現在討厭他了嗎？」蒲松雅問。

宋燾公沉默，就在蒲松雅以為對方不打算回答時，城隍爺輕笑兩聲道：「電視劇裡不是有人說過一段話嗎？謊言說久了，就會成真話。」

「……」

「這段話對戲裡的人很有效，但對我來說顯然沒有任何效果。」宋燾公低語。

蒲松雅的胸口縮緊，他雙手緊握，猶豫許久後還是開口問：「為什麼要告訴我這麼私密的事？」

「這是送你的床邊故事……怎麼可能啊！」宋燾公催動念力送蒲松雅一記手刀，指著對方的鼻子罵道：「因為我要讓你這個小兔崽子了解，自己是多麼天殺的幸運！一般人三輩子都不見得能遇見一隻狐仙，你一個人就被三隻狐仙溺愛著；普通人燒香拜拜千萬次，也沒辦法和菩薩握一次手，結果你每天早上都和觀音打招呼！」

蒲松雅壓著頭頂，雖然看不見宋燾公，卻本能的感受到對方銳利如箭的瞪視。

「然後，我明明已經對自己發誓，不會再讓情感影響決定，卻因為你和你那個小屁孩弟弟的緣故，讓諾言破功了！」宋燾公化為實體，用手指彈了彈蒲松雅的額頭，瞪著後仰的人類道：「你都已經這麼幸運、得天獨厚、他X的教人嫉妒了，居然還擔心自己會失敗？你如果會失敗，地球上就沒有人能成功了！」

蒲松雅扶著額頭，睜大眼睛看著暴怒的城隍爺久久不語。

宋燾公捏著拳頭惡狠狠的道：「你再說半個和失敗、意外、沒信心有關的詞，我就把你直接丟下山，懂了嗎？」

「……懂了。」城隍爺果然是流氓——蒲松雅沒將後半句話吐出來。

宋燾公放下拳頭，重啟「省電模式」道：「懂了就回去睡覺，你只剩兩個多小時休息了，別帶著黑眼圈上陣。」

「是。」蒲松雅站起來走出涼亭。

宋燾公飄在蒲松雅後頭，手插口袋沉聲道：「對了，剛剛跟你說的那些，你要是說出去，我就讓你下半輩子都住在拔舌地獄。」

「我絕對不會講出去。」蒲松雅板著臉承諾。

他朝別墅前進，但只走兩步就停下來道：「我覺得老闆應該也不討厭你。」

「你用不著安慰我，我不需要。」

「這不是安慰，我認識老闆雖然沒有你久，可是我很清楚，老闆不會把時間花在他不感興趣的人身上。」蒲松雅轉動頭顱，憑直覺對上宋燾公無形的眼睛道：「但是老闆卻一而再、再而三和你鬥嘴，我想他應該是把你放在一個特別的位子上。」

宋燾公先揚起嘴角再拉平，輕拍蒲松雅的背脊道：「這問題等我們逮到你弟再討論。」

▼※▲▼※▲▼※▲▼※▲

當蒲松雅回到別墅時，別墅被急切的交談聲環繞，黑白無常在庭院左右各自指揮鬼差，一樓玻璃窗內也能瞧見交頭接耳的荷二郎、阿菊、宋燾正和胡媚兒。

蒲松雅不覺得這些人是在找自己，因為他踏入庭院時，沒有一個人、鬼或妖將頭轉過來。他快步走進屋內，從背後拍了胡媚兒一下問：「怎麼了？」

胡媚兒轉過頭，她掐緊手中焦黑的人形符，忽然九十度鞠躬道：「松雅先生對不起，我們曝露了！」

「曝露？」

「小媚的法術被破解了。」

宋燾公附在弟弟身上解釋，他直接透過宋燾正的記憶了解事態，伸手從狐仙手中抽來人形符道：「這看起來……是直接注入大量妖氣，使用暴力破解法嗎？」

荷二郎點頭道：「動手的應該是小松芳，單憑那隻女鬼的力量，沒辦法隔著幾百里的距離爆掉符咒。」

蒲松雅的心臟猛然緊縮。假如阿芳發現……不，是已經發現法術被人動過手腳，察覺到整起事件是個陷阱的機率就近乎百分百，而沒人會蠢到明知是陷阱還闖進來。

若是阿芳不來，之後要再引人上鉤就難了，更何況他們根本沒有時間重來一次。

「燾公大人！」謝平安推開大門奔進屋內報告：「巡邏的鬼差說，他們五分鐘前發現蒲松芳和聶小倩，這兩人正在山腰上打轉。」

宋燾公瞇起眼道：「派人跟蹤那兩人，但注意別跟太緊，盡可能拉遠距離，確定他們人在哪就行。」

「是。」謝平安點頭。

荷二郎微微蹙眉，但很快就恢復笑容道：「小松雅、小媚兒，計畫得提前了，你們兩個沒問題吧？」

「我沒問題！」胡媚兒舉起右手回答，但是她從眼角餘光瞄到蒲松雅壓著胸口，立刻放下手問：「松雅先生你沒事吧？」

「沒事，我只是……」蒲松雅深吸一口氣，壓著才剛剛恢復正常心跳的胸膛道：「第一次慶幸阿芳是個任性、愛玩、沒常識還不顧安全的人。」

胡媚兒愣住，「欸，松雅先生的弟弟是這麼亂來的人嗎？」

「亂來到極點。」

蒲松雅回想過去自己幫弟弟收拾殘局的記憶，掐著掌心將自己從回憶中拉出，嚴肅的看向荷二郎問：「老闆，關於『那個』……」

「『那個』是很細膩的法術，沒辦法說發動就發動。」荷二郎說出蒲松雅的擔憂，聳聳肩膀苦笑道：「如果小松芳能在山腰上待半小時再過來，那麼準備時間就足夠了，但小松芳似乎是急性子，恐怕等不了那麼久。」

「我們可以來爭取時間！」胡媚兒拍拍胸口，望著蒲松雅認真的問：「松雅先生，要怎麼爭取？」

蒲松雅的肩膀偏向一邊，礙於時間緊迫沒有掐狐仙的臉，直接開口說結論：「現在沒空安排什麼計謀了，只能用最直接的方式，靠武力困住阿芳來拖延時間。」

「由我這邊死守嗎？」宋燾公問，摸著下巴環顧房舍道：「那麼就得把人調回來，從包圍戰改成守城戰了，我想想要怎麼改變人員配置。」

蒲松雅搖頭道：「人員配置是要改，但還是採取包圍戰，要不然阿芳會逃掉——他不是有耐心慢慢攻城的人。」

「如果要打包圍戰，我們的人手不夠，當初的規劃是將他引到定點再下手，但現在我們根本不知道那小兔崽子會從哪冒出來。」

「那麼就讓人員以別墅為中心散開，只在房舍的東西南北各自配置一名主將，這樣不管阿芳是從哪裡靠近屋子都有人守著，然後視他和聶小倩是否分頭行動，以四打二、二打一的方式拖住他們。」

「東西南北……」宋燾公停頓片刻，讀懂蒲松雅心中的人員分配，放下手嚴肅的問：「你確定要這麼做？」

蒲松雅堅定的回答：「現在只能這麼做。放心吧，就算把人調走，我還是所有人之中最安全的一個。」

宋燾公皺眉不語，朝荷二郎看去問：「老狐狸，你覺得呢？」

「是險招，但也只能如此了。」荷二郎面露憂色，搭上蒲松雅的肩膀道：「若有萬一，你千萬別逞強啊！」

「我會拿捏分寸。」蒲松雅道。

胡媚兒看看達成協議的三人，不滿的揮拳抗議：「等一下，你們在說什麼？別老是把我一個人排除在外啊！」

「我們在討論妳的任務分配。」宋燾公轉頭道。

胡媚兒歪頭問：「我？我分配到的任務是保護松雅先生，這不是一個禮拜前就已經決定的事？」

「一個禮拜前決定，然後一分鐘前改變。」蒲松雅指指宋燾公道：「妳原本是和我一起待在陣眼，但現在改成妳和城隍府一起保護整間屋子，我獨自留在陣內。」

「原來如此，松雅先生打算一個人……」

胡媚兒停下話語，僵直足足五秒後爆出吶喊：「這怎怎怎麼可以——」

「我不接受異議。」蒲松雅冷冰冰的回應，同時手掌一拍將狐仙推向宋燾公。

宋燾公非常順手的接住胡媚兒，他扣住狐仙的後領朝門口走，在出門前和荷二郎對上視線，發現天狐眼中有著淡淡的陰影。

「看什麼？」宋燾公問。

「……」

「擔心我撐不過一小時？那麼你是瞎操心，我可沒那麼廢。」

荷二郎雙脣緊抿，上前一步道：「燾公，你的魂核還沒完全復原，挺不住就退，你要是有個萬一，小正會哭。」

宋燾公的雙眼睜大，不過他很快就收起驚訝，送給荷二郎一記中指後，拖著胡媚兒離開房舍。

第八章

阿芳，一起回家吧！

「芬多……精——」

蒲松芳伸展雙手，一面行走、一面高聲吶喊，喊聲在枝枒綠葉間迴盪。

聶小倩跟在蒲松芳身後，她不像前者一樣享受森林的吐息，而是緊繃著臉環顧左右。

此處不是兩人久居的臺北市市區，而是一百五十多公里外的南投山區。他們之所以會做如此長距離的移動，要追溯到十分鐘前。

聶小倩在蒲湘雄被綁架後，就一直以探查術追蹤對方的位置，並且每半小時向蒲松芳報告一次，但由於綁匪既沒停車也未減速還一直轉圈圈，所以聶小倩的報告也始終是「蒲湘雄以時速八十公里的速度移動，方向不固定」。如此千篇一律的回報無法滿足蒲松芳，因此當蒲松芳睡了一覺起來，聽見聶小倩第十次說出相同的報告後，他終於爆發了。

「我不等了啦啦啦啦——」蒲松芳掀翻茶几，雙手扠腰站起來道：「既然對方不自己停下來，我們就手動強迫他們停。小倩，引爆探查術，把裝箱雄的肚子炸開！」

「怎麼引爆？」聶小倩微微皺眉問。

「卯起來注入妖力，注到過量就會爆炸啦！電視上都是這樣演的。小倩妳要是不夠力，就拿我這邊的力灌，我身上的妖力可是多到滿出來呢。」

蒲松芳邊說邊捲起袖子，不等聶小倩回答就握住對方的手，透過掌心一古腦的傳送妖力。聶小倩將妖力盡可能的轉送到探查術上，她不知道這種胡鬧的舉動會導致什麼結果，正在思考要怎麼勸蒲松芳住手時，探查術竟然整個崩解了。

正確來說，崩解的是法術與承載法術的物體，而聶小倩透過解體時讀取到的資訊，發現法術載器不知何時從蒲湘雄變成符紙。她立刻將此發現說出，也提出自己的推測：綁架事件可能是針對己方的陷阱，希望蒲松芳將一切交給警察處理。

蒲松芳接受聶小倩的推測，但卻做出與對方的建議完全相反的決定——他要聶小倩立刻帶自己去符紙最後出現的地點。

「哎呀，路從一條變成兩條了。」

蒲松芳站在分岔路前，指著右側向上、左側向下的兩條路問：「要走左邊還是右邊？」

「……」

「小倩？」蒲松芳回過身面對聶小倩，凝視女鬼片刻縮起脖子問：「妳在生氣嗎？」

「死人不會生氣。」聶小倩手指右側的道路，「往上，操縱符紙的術士在切斷法術前，力量是從上方傳來的。」

蒲松芳點點頭，但是沒有轉身前進，反而上前靠近聶小倩道：「妳果然在生氣吧？」

「……」

「別生氣啦，我知道錯了。」蒲松芳雙手合十鞠躬，「我會儘快把事情處理掉，然後我們一起回去吃洋芋片，看小倩最愛的韓劇。」

聶小倩的雙眉靠攏一公釐道：「不可能『儘快』，我們不知道敵人的確切位置。」

「但反過來，只要知道就能快速解決吧？沒問題，交給我！」

蒲松芳後退兩步，閉上雙眼展開雙臂，毫不客氣的將體內的妖氣釋放出來。

淡紅色的霧氣一下子籠罩樹林，沿著山坡地一路向上擴散，所到之處鳥獸驟然無力，較敏感的人類背脊發寒。嫣紅妖氣滾過山間的民宿、溫泉和房舍，最後來到山頂的尖頂別墅之前，被守護別墅的法陣擋下。

「找到了。」蒲松芳放下手張開眼睛，指著在綠林間若隱若現的紅頂屋道：「沒發現到裝箱雄，但是發現被奇怪法術保護的房子。」

「哪種法術？」聶小倩問。

「不是妖怪，也不是小倩用的那種法術……」蒲松芳打一個響指道：「和先前城隍老大有點像，所以上面有城隍廟？還是城隍爺的練兵場？」

——還是回去吧。

聶小倩腦中浮現這個念頭，而她也很確定這是最好的選擇，可是蒲松芳不會接受，她的主人是一旦下定決心，就算天塌下來也不會退怯。所以她捨棄最佳方案，採用第二選擇，雙手一抖甩出白綾道：「松芳少爺請在這裡等待，我先上去清理閒雜人士。」

「不要。」

「松芳少爺！」

「不要！」蒲松芳重複，雙手扠腰道：「我不要讓小倩一個人涉險，要去的話就兩個人一起去！」

聶小倩垂下肩膀，沉默片刻後道：「我從正面進攻引起混亂，請松芳少爺伺機進入屋內。」

蒲松芳拍手道：「這個方案不錯，時間差作戰！」

聶小倩稍稍安下心，仰望山頂的別墅，「那我先過去……嗯！」

蒲松芳捧著聶小倩的臉頰，閉著眼睛封住對方的嘴，送上熾熱的深吻。

聶小倩雙眼圓瞪，直到蒲松芳放開她，才抖著雙手結巴道：「松松松芳少、少爺……」

「這是給小倩的補給。」蒲松芳看聶小倩一臉茫然，前傾身子盯著對方問：「怎麼了？妳沒收到我灌給妳的妖力嗎？」

「……有。」聶小倩點頭，手中的白綾迅速泛紅。

「有就好。」蒲松芳退後幾步，揮舞右手呼喊道：「上啊小倩，加油！一定要贏喔！」

「遵命。」

聶小倩壓低重心彎曲膝蓋，下一秒纖細的身軀就凌空躍起，越過層層樹葉升至天頂，在半空中俯瞰整座山林。

聶小倩的目光定在翠綠樹海中的紅頂屋上，她瞄準房舍下揮手臂，射出數十條血紅長綾。綾布切碎紅頂屋的防護法陣，再衝向房舍的本體，不過在布匹貫穿磚瓦之前，黃符先一步擋下攻擊，噴出紅焰點燃白綾。

聶小倩將白綾拍向地面，在滅火的同時替自己做出緩衝，從近百公尺的高空降落到花圃上。她踏著破碎的花朵站起來，雙眼投向紅頂別墅的正門，在門前瞧見左手持棍、右手握符的嬌俏狐仙。

聶小倩盯著狐仙，踏出近乎全毀的花圃低喚：「胡媚兒。」

「聶小倩。」胡媚兒也吐出對方的名字，旋轉貼滿符咒的等身長棍，將棍頭對準女鬼的胸口道：「對不起，為了松雅先生，妳必須在這裡倒下。」

「……要倒下的是妳。」聶小倩稍稍瞇起眼，輕抖紅得發紫的白綾，蹬地衝向胡媚兒。

▼※▲▼※▲▼※▲▼※▲

「這邊是窯烤爐，沒發現目標。」

「帕馬森起司回報，結果同窯烤爐。」

「番茄醬也沒看見人。」

宋燾公坐在庭院的圓石上，一面聽著耳機內部屬的搜查回報，一面注視籬笆外蒼鬱的林木。十分鐘前，大片妖氣忽然從半山腰爆發，迫使山林內的鬼差緊急散開，飛上天空或退至山腳躲避。妖氣在與別墅的法陣接觸後退去，鬼差們立刻返回崗位，但卻已經失去蒲松芳的蹤跡。

不過，儘管無法確定蒲松芳在哪，卻能確定他還在這座山中，因為蒲松芳的左右手——聶小倩在七分鐘前突襲正門，此刻正在和胡媚兒纏鬥。

胡媚兒、宋燾公、謝平安和范無救是別墅的第一道也是最後一道防線。狐仙看守正門口，黑白無常各自在房舍左右，城隍爺則坐鎮在後門。在蒲松芳現身前，四個人都不能離開自己的崗位，不過只要人一出現，四人就會分成兩兩一組，二對一將人制伏。

「會從哪裡過來呢？」宋燾公叼著香菸低語。

對手是擅長改變氣息的兩界走，無法憑感應來探查對方的位置，只能靠肉眼和耳朵來搜索。他來回掃視左右，右眼瞄到一抹紅影，接著馬上嗅到爆增的妖氣，站起來撒出黃符。

黃符在空中交疊，在凝聚成等身大的鎮暴盾牌的下一秒，濃烈的妖力從林間射向宋燾公。

宋燾公以盾牌擋住妖力，握盾的手被震得發麻，但也僅止於此。

擁有壓倒性的力量，可是運用上無比粗糙，毫無技巧可言嗎？宋燾公在腦中做出評論，心一橫讓盾面傾斜，將敵人的力量卸向地面，鬆手躍向蒲松芳，在接近的同時劈下手刀。

他的手刀劈中蒲松芳的頸部，力道和角度都拿捏得十分精準，但卻沒能將人一擊敲昏。

為什麼？

因為宋燾公在接觸蒲松芳的瞬間，手上的靈力與力氣都被對方吸光了！

宋燾公暗罵一聲抽手後退，從袖子中甩出一根符咒警棍，一棍捅向蒲松芳的上半身。蒲松芳側身想閃過棍子，然而警棍驟然轉彎撞上他的右胸，讓他連退數步靠上樹幹。

「嗚啊！好痛啊！」蒲松芳撫著胸口，看向宋燾公笑道：「敲得我的心都要碎了，城隍大人是打算把我就地正法嗎？」

「我如果想宰了你，那麼此刻手中拿的就不是警棍，而是火箭炮。」宋燾公將警棍對向蒲松芳道：「不想挨揍就乖乖站著，讓我把你打昏綁起來。」

「我不要，我最討厭被人命令了。」蒲松芳搖搖頭，直起腰桿離開樹幹道：「而且我有想找的人，在找到那個人之前，不能被城隍大人打包帶走。」

「這可由不得你選擇。」宋燾公冷笑著回應，他眼角餘光瞄見黑白無常躲在左側的樹叢後，於是移動腳步往右走，引開蒲松芳的視線，「看在你哥哥的分上，我會揍小力點。」

「那真是感謝啊，不過為了你自己好……」蒲松芳臉上的笑容驟然消失，舉起右手低聲道：「你和你偷偷潛過來的朋友，還是別手下留情。」

語畢，暗紅色的妖力從蒲松芳的袖口噴出，以三頭蛇之姿一頭撲向宋燾公，兩頭竄向謝平安與范無救！

宋燾公轉身避開蛇口，反手以警棍敲擊蛇頭，再次感覺自己的靈力被蛇身吸走幾分，可是也將蟒蛇的妖氣打散一半。可惜，溢散的氣息馬上就歸隊，重新凝聚成蛇形咬向敵人。

宋燾公蹲下躲過第二次攻擊，也同時做出第二次反擊，這回他在警棍上注入加倍的靈力，結果打散的妖氣與上回相當，但是氣息重聚的速度卻慢了許多。

——能贏！

宋燾公握緊警棍，持續閃躲、增加靈力、敲擊的循環，一點一滴將巨蟒打細捧瘦，也一步一步逼近蒲松芳。

十公尺、五公尺、三公尺……宋燾公計算自己與蒲松芳之間的距離，眼看就要將敵人納入攻擊範圍時，他的眼前忽然出現重疊的人影。

人動了？宋燾公瞪大雙眼自問，胸口猛然一陣劇痛，整個人前傾摔倒在地——他被寶樹姥妖打出來的舊傷復發了。

「燾公大人！」

「老大！」

謝平安和范無救吶喊，瞧見宋纛公倒地便想要趕過去救援，卻被血紅巨蟒雙雙撞飛。

蒲松芳彎曲著手指操控妖蟒，他低下頭看著在地上喘氣的宋纛公，從外套下抽出左輪手槍，將槍口指向城隍爺的胸膛。

「拜拜。」

蒲松芳微笑低語，然後扣下扳機。

精心修整的前院在胡媚兒與聶小倩的交鋒中，從美麗的庭院變成幾乎看不到平整之處的廢墟。

胡媚兒蹲下避開紅色長綾，她彎下腰壓低重心，沿著綾布奔向聶小倩，朝女鬼揮出繞著火炎的長棍。聶小倩勾動手指召回血綾，可惜綾布拉回的速度趕不上胡媚兒的雙腳，她只能折起手臂硬接下長棍，再反手一繞化出長綾困住棍身。

胡媚兒沒有搶回武器，相反的她更進一步，單手掐出指訣厲聲唸誦：「北斗皇皇，統制五方。雷公電母，霹靂施張，急急如律令！」

雷光照亮聶小倩的頭頂，她意識到狐仙的企圖，解開綾布向後連退，閃避從天而降的銀雷。胡媚兒掐指指向聶小倩，讓雷電追著對方跑，刺眼的雷絲數次擦過女鬼的衣裙，但總是在貫穿手腳前被躲開。

雷擊落空的原因，一部分是聶小倩反應快，另一部分則是胡媚兒不夠專注。

沒錯，明明是以性命相搏、不容失敗的戰鬥，胡媚兒卻無法將心思固定在「擊倒聶小倩」上，反而一直想著自己從對方身上感受到的違和感。

胡媚兒和聶小倩交手過四次，第一次在壁畫內，第二次在醫院中，第三次是天橋上，此刻則是第四次。而相較於前三次對戰，這次胡媚兒沒有像在畫中世界時想搶回蒲松雅那般急切，也沒有目睹師弟受創時的悲憤，或是想捕捉蒲松芳……她終於能將眼睛完全放在觀察與分析聶小倩上。

然而這一分析，她就感受到無法忽視的違和感。

「唰！」

風聲驚動胡媚兒，她緊急旋轉長棍，彈開從土中竄出的血綾，保住了自己的頭，可也令雷法解除。

聶小倩站在焦黑的泥土地上，她手握血綾遠遠的注視胡媚兒，清秀的臉上不見表情，只有陰森冰寒的鬼氣環繞其上。

——果然很奇怪。

胡媚兒在心底低語，她凝視蒼白的女鬼，沉默片刻後忽然將長棍放下問：「不好意思，我可以問妳一個問題嗎？」

聶小倩眼中閃過一絲訝異，沒有回答胡媚兒的發問，而是揮手射出血綾。

胡媚兒躍起避開綾布，左手一擺射出刻有符文的鋼釘，將血綾釘在泥地上，降落在釘帽上繼續道：「不是很複雜的問題，但是我很在意，非常非常在意，能讓我問一下嗎？」

聶小倩依舊無語，她震動血綾彈開釘子，右腳蹬地衝到胡媚兒面前，舉起綾布捆成的長槍捅向狐仙。

胡媚兒左移躲開槍頭，雙手握棍一面抵擋、一面道：「妳是厲鬼，是含著莫大怨氣死亡，對人間有極高憤怒和殺意的鬼魂。」

「……」

「可是從妳的攻擊和眼神中，我感受不到殺氣或怨恨，更沒有厲鬼在殺戮時該有的狂態。」

「……」

「這讓我非常困惑，畢竟妳的確是厲鬼，而且還是非常資深、害死過很多人的厲鬼。」

「……」

「妳是不想殺人，也不以傷害人為樂嗎？但如果是的話，妳怎麼會變成厲鬼？」

胡媚兒一棍撞偏血長槍，將棍頭指向聶小倩的胸口道：「而且妳既然討厭這麼做，為什麼要幫寶樹姥妖和蒲松芳害人？」

聶小倩盯著胸前的長棍，緊閉的雙脣抿起再鬆開、鬆開再抿起，反覆數次後低聲道：「妳以為每個人都有選擇權嗎！」

「什……嗚！」胡媚兒話還沒說完，就遭受冰寒鬼氣的襲擊，她後退撒出黃符，靠著符咒所生的焰光保護自己。

「妳以為每個人都和妳一樣是天之驕子嗎！」聶小倩罕見的怒吼，抽回血綾上的妖力，一古腦的射向胡媚兒，「我不喜歡又如何？我討厭又怎麼樣？沒有人在乎！我只是個工具，還是人的時候是，被迫變成厲鬼後仍舊是！」

胡媚兒以長棍在地上連劃四槓，搭起簡易壇城擋下鬼氣，朝女鬼吃力的吶喊：「妳如果……不想繼續的話，我可以替妳……」

「替我拜託神佛嗎！」聶小倩長髮翻飛，扭曲著臉與四肢軀幹道：「神佛只會討伐我、責備我、送我下地獄！他們如果真是萬能的，為什麼不在我出嫁前拯救我？為什麼沒在寶樹姥妖束縛我時阻止她！」

「那是……」

「願意理解我、關心我、對我伸出援手的，只有松芳少爺一個人！」

聶小倩十指伸長化為利爪，白齒拉尖成為獠牙，烏黑的秀髮如蜘蛛網般散開，包圍自己與胡媚兒。

胡媚兒肩膀一震問：「妳想做什麼！」

「我要完成松芳少爺的願望。」聶小倩將自己的、蒲松芳給予的力量凝聚於胸口，忍著魂飛魄散的劇痛，在引爆妖鬼之力同時大喊：「這是我唯一，也僅有的願望！」

「碰！」

槍響敲動空氣，蒲松芳舉著飄散煙硝味的手槍，槍中的子彈準確命中敵人的上臂，但卻沒有吸收到城隍爺的力量。

為什麼？

因為宋燾正在中彈前半秒，將哥哥的魂魄硬從體內推出去。

「小正！」宋燾公在半空中大吼，他想碰觸弟弟，可靈體才剛移動，劇痛就再次襲來。

「停！」宋燾正仰頭急喊，他壓著冒血的手臂，在失血與失氣的暈眩中仰望哥哥道：「沒事。」

「最好是沒事！」宋燾公邊穩住自己魂魄，邊怒不可抑的罵人：「你瘋了嗎？在這種緊要關頭把我踢出去，以為自己年紀大了，我就不會打你屁股啊！」

宋燾正搖頭，停頓幾秒，板起臉道：「不會，讓，哥哥，死，兩次！」

宋燾公雙眼睜大，還沒能做出回應，背後就忽然冒出巨響，鬼氣、妖息和沙石撞擊別墅湧向後院。他不顧傷勢撲向弟弟，想以身為障保護宋燾正，然而宋燾正也有相同的念頭——而且他還有觸摸靈體的能力，導致兩兄弟在碰到彼此的瞬間，就搶著將對方塞到自己身下。

妖鬼之氣在他們打架時散去，兩人都沒能壓住對方，可也都沒有受傷，因為有第三者替他們驅逐了傷人的妖風。

蒲松芳以自身的妖氣為障壁，築起城牆將自己與宋燾公、宋燾正三人圈住，直到肆虐的氣流散去，才打一個響指解除氣牆，低頭問：「你們沒受傷吧？」

「……」

「……」

「不知道該說什麼的話，說『謝謝』就可以囉。」蒲松芳以脣形重複「謝謝」二字。

宋燾公的嘴角抽動兩下問：「你在打什麼主意？」

「救你們啊，不行嗎？」

「當然不行！我們是敵人吧混蛋！」宋燾公指著蒲松芳質問。

「是敵人沒錯，但是我突然沒有殺你們的心情了。」蒲松芳聳聳肩膀，一蹦一跳的繞過兩人道：「我還有事要忙，接下來你們就自己玩吧。」

「忙你個頭，給我回來你這小兔崽子！」

「才、不、要。」

蒲松芳走到別墅的後門前，眼角餘光瞄到黑白無常從砂石堆中爬起來，轉身分別指著宋燾公與宋燾正道：「再不把你們的上司送急診，他就要死得比寶樹奶奶還徹底喔。」

「你瞎說什麼！」

范無救大喊，他想衝去抓蒲松芳，但卻被謝平安扣住手腕。白無常指著動彈不得的宋家兄弟，以眼神暗示同僚，自家長官那邊比較急迫。

蒲松芳看著黑白無常掉頭奔向宋燾公與宋燾正，打開後門揮揮手道：「我先走一步囉。處理完上司後，記得去前面看看那隻女狐狸，小倩放了大絕招，她應該也需要看醫生。」

范無救馬上轉頭怒吼：「你的女人對小媚做了什……」

「無救，先處理燾公大人和小正，他們快撐不住了！」謝平安一把將同事拉回來。

▼※▲▼※▲▼※▲▼※▲

蒲松芳在吼叫聲中跨過門檻，他關上灰色的門板，收起笑容將額頭抵在門上，佇立了近五分鐘的時間，才放開喇叭鎖往屋內走。

爆炸震碎了別墅的玻璃窗，也擾亂了內部的擾敵法術，讓蒲松芳輕易捕捉到蒲湘雄的氣息，他露出微笑走向通往地下室的階梯。階梯的入口設有實體的鎖與無形的封鎖術，不過這兩者都攔不住蒲松芳，他輕輕一撥就毀掉阻礙，哼著曲子到達地下室。

地下室單調無色，牆壁、天花板都是由水泥糊成，天花板上有八個金屬灑水器，地板上則罩著一片厚玻璃。地下室內唯一的家具是一張椅子，椅子上綁著蒲湘雄，他垂著瘀青紅腫的臉，一動也不動的坐著。

而在蒲湘雄身後，站著蒲松芳最想、也最不想看到的人。

「……阿雅。」蒲松芳看著面無表情的兄弟，偏頭苦笑道：「最後一關的關主果然是你啊！」

蒲松雅低垂的手緩緩握起，壓抑著情緒問：「你殺了人嗎？」

「本來有要殺，但在最後一刻發現對方和我是同好，所以就收手了。」蒲松芳聳一下肩膀，背著手遙望蒲松雅問：「阿雅呢？你是來殺我的嗎？」

「我是來……」蒲松雅拉長尾音，停頓幾秒才接續道：「我想知道你為什麼這麼做。」

蒲松芳微微瞇起眼，凝視蒲松雅片刻，笑道：「做人要誠實啊，既然想拖延時間，就說自己要拖延時間，別拿人生長談當藉口。」

「我是打算拖延時間，可是我也想知道你是基於什麼理由，選擇和寶樹姥妖在一起，還變成魔人四處攻擊無辜的人。」

蒲松芳搖搖頭糾正道：「錯錯錯，那些不是無辜的人，他們都是吸老爸老媽的血肉長大的人。」

「那些就是無辜的人，他們沒有實際策劃或動手，也不知道自己的父母幹過什麼事。」

「那又如何？」蒲松芳眼中浮現寒光，收起笑意冷聲道：「當他們的爸媽陷害阿雅時，也沒想過阿雅是『無辜』的人啊！」

「他們恣意妄為，你就跟著比照辦理嗎？阿芳，你……」

「我變了。」蒲松芳替哥哥把話說完，笑了笑，攤平雙手道：「因為我發現世界運作的法則——不是道德，是力量。」

「什麼意思？」

「有力量的人就能擁有一切。」蒲松芳放下手，手摸牆壁以蒲松雅為中心繞行，「寶樹姥妖的力量比老媽強，所以寶樹姥妖勝利，老媽死亡；大伯掌握的力量比老爸多，所以大伯成功，老爸死亡；我支配的力量比阿雅的朋友大，所以我在這裡，阿雅的朋友倒在外面。」

「……你也是因為相同的理由，跟隨害死我們爸媽的仇人嗎？」

「是啊！因為如果不這麼做，我會死，阿雅也會死，而傷害我們的人與妖卻仍過得好好的。」蒲松芳的臉色轉沉，彎曲手指在牆壁上刮出細痕，「我不能容許這種事，我要他們付出代價，然後因為恐懼而不敢再傷害我們。」

「……」

「妖怪也好，鬼差也罷，九天神佛也無所謂，凡是阻擋我的，我統統會清除，想要進犯的，我全都會反擊，我不會再讓人把我重視的人踩在腳底下。」

蒲松芳走回原位，朝蒲松雅伸出手微笑道：「所以阿雅你不用再害怕了，我會保護你，只要你我在一起，就沒人動得了我們。」

蒲松雅凝視弟弟的笑臉，沉默許久後走向對方，抬起手在蒲松芳的掌上停頓幾秒，接著驟然握起一拳揍向兄弟的臉。

「哇啊！」蒲松芳被這拳打得連退三步，捧著臉頰錯愕道：「阿雅你做什麼？很痛耶！」

「當然很痛，因為我是全力揍你。」蒲松雅瞪著不知所措的弟弟道：「六年不見，你居然變成中二病，都二十五歲的人了，要得病也給我得個高二或大二病啊！」

「欸？」

「雖然你從以前就懶得動腦，把思考工作都丟給我，可是膚淺成這樣也太丟臉了！」蒲松雅一把抓住蒲松芳的衣領，把人拉到眼前道：「寶樹姥妖是比媽媽強沒錯，但是媽媽沒有輸！她拚盡性命把比自己強上三、四倍的敵人打成重傷！然後，爸爸會死也不是力量強弱的問題，是他信錯人才被害死；而你能站在這裡的主因，也不是你有砂鍋大的拳頭，是因為你有聶小倩幫忙，而聶小倩為什麼要幫你？你自己給我好好想想！」

「小倩想脫離寶樹姥妖的掌握，所以才和我結盟。」

「最、好、是！」蒲松雅鬆手將弟弟推向牆壁怒斥：「她會幫助你，有眼睛的人都看得出來是因為她喜歡你！」

「……所以呢？」蒲松芳歪頭問。

「你問我『所以』？」蒲松雅的臉上浮現青筋，舉起右手拍上水泥牆道：「你覺得力量是一切，勝利屬於強大的人，但如果是這樣，那你是怎麼贏寶樹姥妖的？是怎麼得到聶小倩的信賴和捨命相助？是靠你的意志、你的心、你對我的她的他媽的愛啊！」

蒲松芳皺皺眉問：「愛？阿雅你在說笑話嗎？」

「我在講聽起來很害羞的真理。」蒲松雅前傾身子靠近蒲松芳道：「聽好了，媽媽能把寶樹姥妖打成重傷，你能撐過六年殺死千年樹妖，聶小倩肯幫你幫到這個地步，和有力量、沒力量一點關係都沒有，和是否思念著、愛慕著、堅持著某人某物才有絕對的關係，力量不過是這些心念的副產品！」

蒲松芳眨眨眼，一臉茫然的望著兄弟。

蒲松雅暗罵一聲道：「不懂嗎?就像一個人為了讓家人過好生活，所以出外努力賺錢，但是如果他滿腦子都只想著錢，犧牲家人、健康、快樂、名聲去換取金錢，那他就算變成大富翁，卻妻離子散、人人喊打、躺在病床上氣切插管動彈不得，這樣有意義嗎?」

「沒有，不只沒有意義，而且完全是本末倒置!此刻你做的、想的、說的就是如此，力量是拿來保護與爭取你愛的，而不是犧牲你想保護或爭取的人事物，換取力量甚至自滅!」

蒲松芳眼中的困惑散去，他總算聽懂蒲松雅的意思，可惜也僅此於此。

「對不起，阿雅。」蒲松芳露出帶有幾分苦澀的淺笑，他抬起手輕輕握住蒲松雅的右腕道：「我已經做出決定了，是沒辦法回頭、也不能放棄的決定，所以即使阿雅說得很有道理，我還是會繼續走下去——我要在這裡殺死我們的仇人。」

蒲松雅拉平嘴角，壓在牆壁上的手緩緩滑下，垂下頭靠在弟弟的肩頭問：「不管我說什麼，你都不打算收手嗎？」

「沒錯。」蒲松芳仰頭注視灰色天花板：「阿雅你應該很清楚，我有多任性、多固執，就算你是對的，我還是會繼續做我想做的事。」

「我想也是。」蒲松雅將額頭抵在弟弟的肩頸之間，看著地板輕聲道：「我剛剛說你變了，其實我也是。」

「我知道，阿雅交女朋友了嘛。」

「不，我指的不是人際關係，我指的是……我變得能騙過你了。」

「騙我？」

「我先前說，我既想拖延時間，也想知道你為何這麼做」蒲松雅舉起雙臂，緩緩按上蒲松芳肩膀左右的牆壁道：「但事實上，我只想拖延時間，至於你在想什麼，我一點也不想問，反正問了也沒用。」

「是沒用沒錯。」蒲松芳盯著兄弟的手問：「阿雅，你在做什麼？」

「阻止你。」蒲松雅回答，驟然扣住蒲松芳的肩膀，張嘴咬上對方的頸子。

蒲松芳上身一震，本能的想要把蒲松雅推開，然而對方的雙手、貼在掌心的符封鎖了他的行動。同時，蒲松芳察覺到體內的妖氣劇烈變化，一面崩解、一面流向蒲松雅。

「阿雅，住手！」蒲松芳驚慌的掙扎，盯著兄弟的後腦勺大喊：「阿雅你承受不住的，快點停下來！你會把自己……」

——我不會讓你把自己玩壞。

蒲松雅的聲音在弟弟腦中響起，他咬住蒲松芳的血肉與靈魂，無視籠罩四肢軀幹的嚴寒之感，吞噬著宛如石塊的妖氣。

「阿雅！你太亂來了，就算你這麼做，我也不可能恢復成人類！」

——你以為我只打算吸乾你嗎？

「你除了吸乾我之外還能幹……欸？」

蒲松芳忽然被水珠滴到臉，他愣了一下抬頭往上看，發現天花板上的灑水器不知何時打開了，晶瑩的水珠從天而降，噴溼了整間地下室。灑下來的不是普通的水珠，是令蒲松芳保有的妖氣恐懼，光是沾染就能將陰寒之力融化的淨水。

「阿雅，你做了什麼？」

——我不是你。沒有做好萬全的準備，我不會出手。

蒲松雅抱緊弟弟扭動的身軀，咬牙一步一步後退，將人拖往地下室的中央。在他拖行之時，地板上浮現淡金色的咒文，空氣裡響起重疊的咒聲。

「南無喝囉怛那多囉夜耶，南無阿利耶，婆盧羯帝爍鉢囉耶，菩提薩埵婆耶，摩訶薩埵婆耶，摩訶迦盧尼迦耶，唵，薩皤囉罰曳……」

荷二郎與阿菊的聲音在地下室內迴盪，天仙、貓仙與菩薩所贈的大悲水啟動刻在玻璃上的慈水淨妖陣，吸收室內溢散的紅色妖息，更淨化蒲松雅與蒲松芳的妖力。

「啊……呃啊啊——」蒲松芳發狂的想逃離法陣，他不顧一切的掙扎，破壞了自己和蒲松雅的重心，兩人一同摔在發光的玻璃地板上。

蒲松雅手腳並用纏住弟弟，他持續吞嚥寒冷的妖氣，也同時承受灼熱的白光，在內寒外熱的煎熬中努力維持清醒。

他不會放手，不會再犯下六年前的錯誤，讓不該溜走的人從掌中溜出。沒有人能挽回逝去的人事物，但是只要能抓住尚在掌中的人，就能用未知的將來彌補遺憾的過去。

——一起回家吧！

蒲松雅在心中吶喊，直至意識被冷熱與毆打消磨殆盡之前，都沒有放開自己的兄弟。

尾聲

代替棒花的甜蜜補償

當蒲松雅再度睜眼時，他的人已經回到荷洞院十四樓，躺在柔軟的雙人床上，在毛小孩與醫療儀器的滴答聲中迎接晨光——嚴格說起來，是昏迷整整五天後的晨光。

蒲松雅耗盡體力、靈力和意志力去拆解弟弟身上的妖氣，在完成任務後直接進入假死狀態，急救了兩個多小時才恢復呼吸心跳。

從鬼門關前走一回的不只有蒲松雅，胡媚兒、宋燾公、宋燾正也是。

胡媚兒被聶小倩的捨命一擊炸傷，當場恢復原形動彈不得；宋燾公魂核受損又飽受驚嚇，差點當場魂飛魄散；宋燾正大量失血、失靈氣，在把肩頭的子彈拿出來前就陷入昏迷。

不過，即使如此，卻沒有一人一鬼或一妖失去性命。因為黑白無常、鬼差們、荷二郎和阿菊以最快的速度替同伴做處理，連夜送至山下的宮和或醫院，待傷患的情況穩定後再接回城隍府與荷洞院。

至於蒲松芳、聶小倩和蒲湘雄三人，蒲松芳陷入昏迷狀態，不過身上的妖氣也剝離了近九成，後續雖然還要觀察與處理，但基本上已經沒有大礙；聶小倩本該在自爆後灰飛煙滅，然而也許是她的執念、體內妖氣與胡媚兒在最後一刻擲出的存魂符幫助下，意外留存了一魂二魄，目前正在城隍府中接受訊問。

蒲湘雄則被鬼差們消除與修改記憶，送到一名黑道角頭的家中。警方在鬼差丟包後半小時得到匿名線報，包圍角頭的家救出人質，並將滿腦子問號的角頭一併送辦。

附帶一提，此作戰的代號是「現世報」，命名理由是該角頭曾以類似手法栽贓追捕自己的檢察官，因此城隍府決定比照辦理，讓角頭嚐嚐冤獄的滋味。

以上情報，是虎斑在陪醫生替蒲松雅檢查身體時，站在旁邊斷斷續續說出的，而在講述途中不時有其他小妖或電話插入，足以看出目前荷洞院內的仙妖們有多忙碌。

因此，蒲松雅為了減輕這些人的負擔，在甦醒後隔日就帶著貓狗搬回老公寓。他花三天的時間整理空上一個多月的公寓，再耗費六天去替同樣關門許久的秋墳書店做大掃除、書籍補貨和訂單處理，兼應付朱孝廉千篇一律的「店長你去冒險居然沒找我嗚嗚嗚嗚」的哭訴。

在重開書店的隔天，蒲松雅和觀老太太在店門口相遇，他慎重的鞠躬感謝老人家，但是對方卻笑著說，那瓶大悲水只是尋常法會上取得的物品。

蒲松雅就這麼重回日常生活，每天定時上下班、遛狗買菜，開店時不會在櫃檯上看見雌雄莫辨的白髮美男子，經過路口時不會瞧見開著跑車、越野車或休旅車的城隍爺兄弟。

當然，在他工作一天返回自家公寓時，門口也不會躺著一隻醉倒的狐狸。

過去那些讓蒲松雅頭痛、煩惱、心跳加速的怪力亂神之事，忽然一口氣全部消失，這令蒲松雅……心情相當複雜。

要主動去荷洞院或城隍府探狀況嗎？去了會不會給其他人帶來困擾？不去的話是不是太寡情？蒲松雅糾結著以上問題，而在他做出決定前，先收到翁長亭的簡訊，提醒他本週末是石翁兩府的結婚宴。

蒲松雅看著閃著愛心的簡訊，足足猶豫一小時後，將衣櫃內唯一一套訂製西裝拿出來熨燙。而當他發現朱孝廉也收到同樣的簡訊，還吵著說要和自己一起前往會場，那又是另外一個故事了。

▼※▲▼※▲▼※▲▼※▲

翁長亭與石太璞的結婚宴不在臺北，而是辦在南投日月潭的五星級飯店。

他們包下飯店的最大廳，懸掛水晶燈的廳堂華麗高貴，粉紅與鮮紅的玫瑰花從廳口一字排開，花香與身穿白色小禮服、黑色燕尾服的男女服務生一同迎接遠道而來的賓客。

蒲松雅和朱孝廉是賓客中少數沒自行開車的人，兩人搭客運轉公車到達飯店，一下車蒲松雅就有種自己來錯地方的感覺。

「喔喔喔喔好高級的婚宴會場啊！」朱孝廉高舉雙手歡呼，他原地旋轉幾圈，迅速鎖定一名身穿鵝黃色小套裝的女子，喜孜孜的跑過去搭訕。

蒲松雅垂下肩膀，正在考慮要把人追回來，還是假裝不認識朱孝廉時，他聽見第三者的呼喚聲。

「啊，這不是蒲先生嗎？」

嬌媚的女子聲從蒲松雅的左方響起，他轉頭朝聲音源看去，瞧見一名嬌小的金髮女子領著兩名西裝壯漢走向自己。

蒲松雅微微瞇起眼，看著女子幾秒才想起來，「妳是……石太璞的老闆？名字是……」

「雪莉。」金髮女子——雪莉眨眨單眼，露出豔麗的笑容道：「不過我已經是前老闆了，阿太為了陪他的小妻子，拋下我給他的大好前程，太讓我傷心了。」

蒲松雅遲疑片刻，直言道：「妳看起來不太像在傷心。」

「我是啊！因為好男人要結婚了，而我不只不是新娘，還是坐主桌的長輩代表。」雪莉故作哀傷的嘆氣，她眼角餘光瞄到有熟人下車，向蒲松雅點一下頭，轉身前去迎接朋友。

蒲松雅目送雪莉走遠，他環顧宴會廳出入口的工作人員，發現裡頭有不少在香奈可俱樂部見過的服務生或保鑣，也有玄帝觀前練習八家將的年輕人。

——石太璞有回去找王赤城呢！

蒲松雅在心中欣慰的低語，他走向擺放簽名簿的長桌，簽下名字、領過小禮物後，轉身到一旁的桌次表找自己的座位。

婚宴席開五十桌，每桌十人，總數五百人，要從五百人中找到自身的名字並不容易，蒲松雅站在桌次表前細細閱讀，在專心之下完全沒發現有人偷偷靠近自己。

「哈！」兩隻手與一聲呼喊同時拍上蒲松雅的臉，手遮住他的雙眼，聲音的主人則吊著嗓子歪歪扭扭的道：「猜、猜、我、是、誰！」

蒲松雅整個人僵住，他聞著背後熟悉的洗髮精味道，壓在座位表上的手指彎曲再伸直，靜默幾秒才開口問：「胡媚兒？」

「賓果！松雅先生我……噗嚕嚕嚕嚕！」

「妳這兩個禮拜死到哪去啦！」蒲松雅重掐胡媚兒的臉頰，他的眼中含著淚光，吼聲中帶著些許抖音，憤怒的瞪視狐仙道：「沒給我電話也沒回自己的家，妳平常不是三天兩頭就來騷擾我嗎？怎麼突然轉性，把我當成空氣啦！」

「我噗、我噗……」

「噗妳個大頭鬼啦！」蒲松雅放開胡媚兒，轉身背對胡媚兒生悶氣。

胡媚兒捧著臉頰，然後伸手指戳戳蒲松雅的背脊，對方沒有反應，再搖搖對方的手，人依舊不轉過來，她只好把頭靠在人類背上道：「我沒有把松雅先生當成空氣，我最喜歡松雅先生了喔，你不要生氣啦……」

「……」

「我不是故意的嘛，只是因為有太多事要忙，譬如寫報告啦、拍完積欠的服裝型錄啦、養傷啦，所以抽不出時間找你。而且我想說熹公大人那邊會聯絡你……」

「那不是妳和二郎的工作嗎？」

宋熹公的話聲忽然插入，蒲松雅與胡媚兒轉頭往右看，只見城隍爺叼著菸，與自己的弟弟、黑白無常一同站在休旅車前。

蒲松雅看看宋熹公，再看看宋熹正，指著同時出現的兄弟，做出無言的提問。

宋熹公捻熄香菸，拍拍自己的胸口道：「這是老狐狸做的『荷軀』，可以減少靈力的消耗、穩固魂魄，和稍微吸收一點日月精華。」

蒲松雅皺眉問：「這是給你復健用的嗎？」

宋熹公聳肩道：「差不多，不過我會穿這個出來，主要是因為小正要求。」

「一起。」宋熹正拿起喜帖，指著上頭「歡迎闔家光臨」的燙金字。

范無救左右轉頭，一臉興奮的道：「老子已經兩百年沒吃人類的喜宴了啊！不知道會有什麼菜色？有酒嗎？會有歌舞表演嗎？」

「無救，你冷靜一點，別在宴席上鬧場啊！」謝平安苦笑著提醒，抓住激動的同僚。他轉頭向宋熹公道：「熹公大人，請您在這裡稍候，我和無救去看看我們坐哪桌。」

蒲松雅挪動腳步讓出空間給黑白無常，輕聲計算在場的親友：「我、孝廉、胡媚兒、熹公、熹正、黑白無常，外加目前不在的老闆一共八個人，都坐同一桌的話會有兩個空位啊。」

胡媚兒搖搖頭，「不，我們剛好一桌，松雅先生你少算兩個人。」

「哪兩個？」蒲松雅一問完，一輛白底粉荷的勞斯萊斯轎車就駛入飯店門口，一名服務生上前打開後坐的車門，其餘的人則以極快的速度排成兩列，迎接貴客下車。

貴客——荷二郎步下轎車，目光穿過服務生的肩膀停在蒲松雅臉上，揮手呼喊：「小松雅，有沒有想我啊？」

「別當眾喊那麼好笑的小……」

蒲松雅的話聲中斷，他盯著接在荷二郎後頭下車的男孩與女子，前者穿著一身華麗的赤色燕尾服，不過卻將長褲改成短褲；後者則是一身低調的紫色小洋裝，黑髮挽起插上一根白花簪。

蒲松雅的目光放在男孩身上，他看著只到自己腰部的小男孩；小男孩也抬頭注視比自己高上快一倍的青年，彼此沉默許久後，一同爆出吼叫聲。

「阿芳為什麼變成小鬼啊！」

「阿雅變好老！」

蒲松雅和小男孩——蒲松芳指著對方，兩人愣住三秒再同時發問：「你真的是阿芳（阿雅）？」

「是呦！那個就是小松雅，這個就是小松芳。」荷二郎牽起蒲松芳的手，把人帶到蒲松雅面前道：「小松雅你看，和你九歲、十歲時的樣子一模一樣吧！」

蒲松芳手指蒲松雅問：「爺爺，我三十歲的時候會變成那個樣子嗎？」

荷二郎搖搖手指道：「不會喔，因為小松雅今年才二十五歲。」

聶小倩跟在兩人身後，她和蒲松雅對上視線，微微躬身打招呼後，繼續站在蒲松芳的影子裡。

蒲松雅的臉色一陣青一陣白，他扣住荷二郎的肩膀，把人拉到一邊用氣音問：「這是怎麼回事！」

荷二郎理所當然的回答：「是你弟弟和小倩——她現在是小松芳的護衛，他們目前住在我那兒，但如果你家有空房，你要帶回去也可以。」

「阿芳當然是跟我住……不不不，我不是問這個，我是問……他怎麼會變那麼小隻？」

「是『藏蓮歸藕法』，一種能封住靈格、記憶，但後遺症是精神與肉體年齡會倒退的法術。」荷二郎一邊解釋，一邊斜眼瞄向蒲松芳道：「那孩子雖然恢復人類之身，但是他的靈力與對妖異之物的適性仍遠高於常人，而且還充分掌握兩界走的能力，如果不做出適當的封印，天庭和地府都無法放心，還會引來妖魔的覬覦。」

「封了之後就沒這些問題嗎？」蒲松雅問。

「沒那麼簡單，還需要這東西。」宋燾公插嘴，從謝平安手中接過一個公文夾，轉交給蒲松雅。

蒲松雅皺皺眉問：「這是什麼」

「陰差的聘書。」宋燾公拍拍公文夾道：「上頭的人怕你們兩兄弟亂來，所以除了封印你弟外，還要求將你納入城隍府的管理中，而管理的方案有兩個，一是軟禁，二是擔任活陰差——我的部下的意思。」

蒲松雅接下公文夾，稍稍翻閱後問：「這是形式上，還是實質上？」

「當然是實質上，城隍府可是萬年鬼手、人手不足，沒有空閒養吃白飯的。」

「但是我沒受過任何相關訓練，這樣……」

宋燾公重拍蒲松雅的肩膀道：「放心吧，你要做的事很簡單，只是幫忙找找死了卻沒來報到的鬼、明明不該死卻蹺掉的人類，還有莫名其妙遺失或出現的法器，諸如此類的小事。」

「這聽起來一點也不簡單、也不小啊！」蒲松雅扭曲著臉抗議。

胡媚兒舉起手道：「松雅先生別擔心，我也會幫忙，我們一起努力吧！」

「……」

「松雅先生？」胡媚兒踮腳盯著蒲松雅看。

蒲松雅動了動嘴脣，最後垂下頭低聲問：「我們要在門口站到什麼時候？」

蒲松雅等人在服務生的帶領下，總算進入宴會廳，十人的位子安排在主桌後方，桌上放著比別桌分量多五倍的小菜，桌旁還擺著一打金門高粱，令蒲松雅湧起逃跑的衝動。

不過他很快就認知到，如小山一般高的小菜、多到引人側目的酒水不是什麼大問題，最大的問題是他的周圍人。

荷二郎非常自然的搶走蒲松雅緊鄰右側的座位，導致胡媚兒和蒲松芳為了搶左側的位置吵架，一個喊對方：「你剛剛不是嫌松雅先生老嗎？嫌老就不要坐他旁邊！」另一個馬上回以：「不管是老雅還是小雅，只要是阿雅都是我兄弟！」

蒲松雅為了阻止這場低層次爭吵，拚命向對面的宋燾公與宋燾正使眼色，結果城隍爺邊喝酒邊說：「沒犯法犯天條的事我管不著。」

城隍爺之弟則是舉起平板電腦，亮出一長串「現充去死、現充去死、現充去死、現充去死、現充去死……」以下省略一千字的長文。

幸好在他們鬧到掀桌前，司儀宣布新娘進場，讓蒲松雅有藉口強迫胡媚兒與蒲松芳坐下。

石太璞挽著翁長亭步入宴會廳，新郎官穿著體面、剪裁俐落的手工禮服，新娘子則是一套高雅的長襬白紗禮服，踏著紅地毯來到宴席正前方。

雪莉和王赤城以證婚人的身分上臺致詞，前者妙語如珠逗笑賓客，後者則是莊重嚴肅的要石太璞珍惜女孩子，只說不到三分鐘的話就下臺了。

致詞之後是交換戒指，最後來到女孩子最熱愛的丟捧花，蒲松雅看著場內的單身女客們起身往舞臺走，本來只打算單純看戲，卻在發現胡媚兒和聶小倩也在列時呆掉。

蒲松雅站起來問：「喂，妳們兩個跑去湊什麼熱鬧？」

「松芳少爺想要花。」聶小倩回頭解釋。

「我已經搶輸六次捧花了，這次一定要搶到！」胡媚兒雙手握拳，滿臉殺氣的宣示。

蒲松雅想把兩個規格外的捧花爭奪者抓回來，可惜他的動作慢了一步。翁長亭早已轉過身拋出花束，由蕾絲、鮮花和緞帶包裹成的捧花劃出弧線，落向高舉雙手的女賓客。

胡媚兒一個箭步站到捧花下方，然而聶小倩也同時前進，兩人的手撞在一起，誰也沒接住捧花，反而讓花束彈離賓客群，在半空中翻滾兩圈後，掉到宋燾公的腿上。

宴會廳瞬間陷入寂靜，所有人的視線全集中在一臉凶相的城隍爺，與他身上嬌豔欲滴的捧花。

宋熹公盯著這不請自來的禮物，沉默幾秒後拿起花束問：「這個，可以重丟吧？」

「怎麼可以重丟？」荷二郎反問，瞇起眼微笑道：「這是給宋先生的祝福，保佑你早日娶到意中人。」

「……這種鬼祝福你想要的話送你。」宋熹公冷著臉回答，把捧花直接塞給荷二郎。

胡媚兒在兩人對話時走回桌邊，她安安靜靜的坐下，臉色陰沉得像雷陣雨前的天空。

蒲松雅走到胡媚兒身邊，輕拍她的肩膀，「不過是一束花，沒接到也不會損失什麼。」

「……」

「你如果想要花，回去後我買一束給妳總行了吧？」

「……」

「還是說妳想吃大餐？」蒲松雅問。

胡媚兒雙手收緊，嗚咽一聲仰頭大喊道：「大餐和自己買的花束，怎麼能和新娘捧花相比啦！新娘捧花是甜蜜、浪漫、心跳加速的代表，不是普通的東西能替代啦！人家想要捧花、

想要捧花、好想要捧花啦！」

「喂，妳是小朋友嗎？別在大庭廣眾下玩『這不是肯●基』啊！」

「我才不管，我就是要玩啦！我今天已經夠可憐了，跟松雅先生玩『猜猜我是誰』結果被掐臉，之後搶座位又搶輸小朋友，爭捧花爭不贏燾公大人的大腿，別人在甜蜜蜜結婚，我連顆糖都分不到，我好可憐好可憐超可憐啦！」

蒲松雅垂下肩膀看著胡媚兒哭鬧，他深深嘆一口氣，彎下腰扣住狐仙的下巴，俯身輕輕印上一吻。

胡媚兒猛然睜大眼睛，她呆愣的看著蒲松雅退後，張著嘴發不出聲音。

這令蒲松雅的臉色轉紅，別開頭不自在的道：「這個……雖然不甜蜜、不浪漫、也不太讓人心跳加速，但妳就湊合湊合，勉強收下吧。」

「……」

「妳想笑的話可以開始了。」

胡媚兒沒有笑，她的嘴開開合合，反覆數次後猛然抱住蒲松雅的腰，異常激動的道：「松雅先生，再一次！拜託再一次！」

蒲松雅後退半步道：「再一次？那種事一次就……」

「再一次嘛！一次……不，三次就好了，再三次！」

「為什麼直接跳到三次了！我不要，妳放……尾巴！尾巴跑出來了啦！冷靜一點妳這隻笨狐狸！」

「再、一、次！」

胡媚兒尖聲吶喊，在用力過猛下推倒蒲松雅，兩個人一起摔上大理石地板。

蒲松雅痛得倒抽一口氣，他抬頭怒瞪胡媚兒。

人與狐仙對視片刻，後者將脖子緩緩往前伸，前者則是遲疑片刻後靠近眼前的粉唇，感受著另一人的溫暖與柔軟，感覺自己的心跳猛然加速。

這隻……總是讓他心煩、擾他心弦，煩人又可愛的笨狐狸！

《松雅記事之六・狐仙幸福我來顧》完

《松雅記事》全套六集完結

後記

大家好，我是作者M.貓子，這是我在《松雅記事》系列第一次也是最後一次寫後記，之前都沒有寫後記的書，為什麼突然冒出後記呢？理由很簡單，因為這是最後一集，全系列完結啦啊啊啊啊！（雖然留了個繼續發展的伏筆）

《松雅記事》會誕生並完成要從兩個地方說起，一個是ＰＴＴ的紫微斗數版，我在二〇一三年因為種種原因在人生的道路上迷路了，所以我就上該版去找人解命盤，解盤的板友建議我寫類似聊齋誌異的小說，但是「類似」聊齋誌異的小說有點難抓，所以我就乾脆抓取聊齋中最令人印象深刻的元素──狐仙，再以原作中的故事為本作改編。

不過，我當時雖然有把《松雅記事》的基本架構寫出來，卻沒有認真去敲文，只是把人物設定、第一集大綱大概寫完後，就去忙當時要投的比賽稿，直到我在同年的原創 BL only 上碰到不思議工作室的編輯，被問到有沒有稿子可以投他們家時，我才把《松雅記事》拿出來，發展呈現在大家看到的篇幅。

所以《松雅記事》會成書，要感謝PTT的版友和不思議工作室的編輯，沒有他們兩個，這套書應該還是種子狀態，然後我會繼續在人生的道路上迷路。

《松雅記事》是一套讓我寫得很愉快的書，蒲松雅是我喜歡的角色類型，胡媚兒則是開稿後越寫越讓我覺得可愛的女主角，而其餘配角也在寫作途中各自發展出自己的魅力。

感謝不思議工作室的文字編輯、美術編輯還有繪者麻先みち。文編給了我很多建議，也抓了不少漏洞拯救了這套書；美編給了這本書令人驚豔的封面設定和內頁目錄；麻先みち老師則使這本書的人物實體化，讓我後期寫作時都直接套人物樣貌下去寫了。

最後要感謝購買這本書的你，有讀者才有《松雅記事》，謝謝你們，並且期盼我們有緣再見！

M.貓子　二〇一五年五月

novel M.貓子
illust 麻先みち
全套六集，全國各大書店、網路書店、租書店，持續熱賣中！
松雅記事
系列
我家門前有狐仙
家教狐仙扮神探
狐仙愛的京都畫遊
愛與正義的狐仙
純情女友俏狐仙
狐仙幸福我來顧
動物或妖怪報恩的故事，大家都耳熟能詳，
但是……「幫狐仙報恩」是哪招？
當冷面毒舌店長 遇上 天然純(蠢)真小狐仙
人類與狐仙纏綿悱惻的愛戀……
—不、不對！是人類被狐仙拐騙當助手當男傭當飼主啊啊啊！(十￣皿￣)
典藏閣
華文聯合出版平台 www.book4u.com.tw
采舍國際 www.silkbook.com
不思議工作室
立即搜尋
版權所有© Copyright 2015

飛小說系列129

松雅記事之六（完）

狐仙幸福我來顧

出版者■典藏閣
作　者■M.貓子
繪　者■麻先みち
總編輯■歐綾纖
製作團隊■不思議工作室

郵撥帳號■50017206 采舍國際有限公司（郵撥購買，請另付一成郵資）
台灣出版中心■新北市中和區中山路2段366巷10號10樓
電　話■(02) 2248-7896　傳　真■(02) 2248-7758
物流中心■新北市中和區中山路2段366巷10號3樓
電　話■(02) 8245-8786　傳　真■(02) 8245-8718
ISBN■978-986-271-605-2
出版日期■2015年6月

全球華文國際市場總代理／采舍國際
地　址■新北市中和區中山路2段366巷10號3樓
電　話■(02) 8245-8786　傳　真■(02) 8245-8718

新絲路網路書店
地　址■新北市中和區中山路2段366巷10號10樓
網　址■www.silkbook.com
電　話■(02) 8245-9896
傳　真■(02) 8245-8819

線上總代理：全球華文聯合出版平台
主題討論區：http://www.silkbook.com/bookclub
紙本書平台：http://www.silkbook.com
瀏覽電子書：http://www.book4u.com.tw
電子書下載：http://www.book4u.com.tw

◎新絲路讀書會
◎新絲路網路書店
◎華文電子書中心
◎電子書中心（Acrobat Reader）

☞**您在什麼地方購買本書？**☜

1. 便利商店（________市／縣）：☐7-11　☐全家　☐萊爾富　☐其他________

2. 網路書店：☐新絲路　☐博客來　☐金石堂　☐其他________

3. 書店（________市／縣）：☐金石堂　☐蛙蛙書店　☐安利美特animate　☐其他____

姓名：________地址：________________

聯絡電話：________　電子郵箱：________

您的性別：☐男　☐女　　您的生日：西元________年________月________日

（請務必填妥基本資料，以利贈品寄送）

您的職業：☐上班族　☐學生　☐服務業　☐軍警公教　☐資訊業　☐娛樂相關產業　☐自由業　☐其他________

您的學歷：☐高中（含高中以下）　☐專科、大學　☐研究所以上

☞**購買前**☜

您從何處得知本書：☐逛書店　☐網路廣告（網站：________）　☐親友介紹
（可複選）　☐出版書訊　☐銷售人員推薦　☐其他________

本書吸引您的原因：☐書名很好　☐封面精美　☐書腰文字　☐封底文字　☐欣賞作家
（可複選）　☐喜歡畫家　☐價格合理　☐題材有趣　☐廣告印象深刻　☐其他________

☞**購買後**☜

您滿意的部份：☐書名　☐封面　☐故事內容　☐版面編排　☐價格　☐贈品
（可複選）　☐其他

不滿意的部份：☐書名　☐封面　☐故事內容　☐版面編排　☐價格　☐贈品
（可複選）　☐其他

您對本書以及典藏閣的建議________________

____

____

✌未來您是否願意收到相關書訊？☐是　☐否

感謝您寶貴的意見

印刷品

$3.5
請貼
3.5元
郵票
不思議信箱
FUSIGI POST

235 新北市中和區中山路二段366巷10號10樓

華文網出版集團　收

（典藏閣－不思議工作室）

狐仙幸福我來顧
SUNG YA NOTE
VOL.6 END
狐雅記事

novel M.貓子
illust 麻先みち